上海市松江区文学艺术界联合会

主编

许 平

执行主编

图书在版编目（CIP）数据

云间笔会.2021/上海市松江区文学艺术界联合会主编.
— 太原：山西人民出版社，2021.11
ISBN 978-7-203-11984-5

Ⅰ.①云… Ⅱ.①上… Ⅲ.①中国文学－当代文学－作品综合集－上海 Ⅳ.①I218.51

中国版本图书馆CIP数据核字(2021)第229488号

云间笔会.2021

主　　编：	上海市松江区文学艺术界联合会
责任编辑：	吕绘元
复　　审：	刘小玲
终　　审：	武　静
装帧设计：	张永文
出 版 者：	山西出版传媒集团·山西人民出版社
地　　址：	太原市建设南路21号
邮　　编：	030012
发行营销：	0351—4922220　4955996　4956039　4922127（传真）
天猫官网：	https://sxrmcbs.tmall.com　电话：0351—4922159
E—mail	sxskcb@163.com　发行部
	sxskcb@126.com　总编室
网　　址：	www.sxskcb.com
经 销 者：	山西出版传媒集团·山西人民出版社
承 印 厂：	山西省教育学院印刷厂
开　　本：	787mm×1092mm　　1/16
印　　张：	19.5
字　　数：	300千字
版　　次：	2021年11月　第1版
印　　次：	2021年11月　第1次印刷
书　　号：	ISBN 978-7-203-11984-5
定　　价：	58.00元

如有印装质量问题请与本社联系调换

目 录

小 说

杨国光	小猫咪自白 / 003
庄锋妹	权益之争（节选）/ 008
谢 青	"垃圾"阿星的故事 / 014

散 文

张林琪	麦苗青青 / 021
	磨 子 / 023
钱明光	溧水渡与得胜渡 / 026
	小站与远方 / 028
欧 粤	牛年说牛 / 031
陈福康	《予岂好辩》序 / 034
俞福星	邂逅一位老华侨 / 037

冯　韬	我的追梦之路 / 039	
吕六一	旅途情 / 043	
	香雪们的向往 / 045	
榛　子	鱼去了哪里 / 048	
	让你们晓得我 / 051	
邢砚斐	佘山漫记 / 053	
王平华	L 县长吃咖啡 / 058	
	云廊，如此璀璨 / 060	
刘　敏	古镇幸会 / 063	
黄忠杰	《寻觅松江》扩充篇 / 066	
徐天安	我家的菜园 / 069	
徐亚斌	告别渡口 / 072	
蒋近朱	华亭风清 / 075	
陆　良	人文松江礼赞 / 079	
胡志娟	回故乡 / 083	
何伟康	孤山绝处访西泠 / 087	
俞富章	为他人活着，挺好 / 090	
	北国的雪 / 092	
李宗贤	另类水族子了 / 094	
常　虹	父　亲 / 097	
魏　勇	无花果树 / 101	
周　平	华雯的老爸与阿奶 / 106	
许　平	租个"箱子"把家装 / 110	
王　斌	美，繁衍的资本 / 113	
周　明	我的少年时光 / 117	

	达瓦昌吉 / 119
潘安农	王道士的笑 / 121
	台前一捧绿 / 124
侯建萍	冬日三题 / 126
李 烨	松江印象之落扇风摇 / 130
倪红霞	我的母亲 / 133
吴文利	绿马甲红帽子 / 137
顾 夕	远去的渡口 / 139
赵 靓	外婆，我又想您了 / 142
徐俊国	鹅的花园（节选）/ 145
洪 丽	追风筝的人 / 150
林 琳	子彝先生 / 154
黄抒绮	铭记悬崖之上 / 158
牧太甫	我的两位宁波老师 / 161
	注意，球要来了 / 164
颜 萍	版纳笔记 / 166
许 蕾	"枢纽之城，爱我松江" 短视频拍摄记 / 170
吴 安	白兰花儿香 / 173
杨强劲	旧书似故人 / 177
方 晨	心不老，追梦往之 / 180
乔进礼	自行车 / 182
马 俊	外婆，我想您 / 187
魏 叶	或许，我们已见过最后一面 / 189
	回忆里的松江二中 / 191
徐小冰	生于在场的散文诗 / 194

诗　词

何居华	这片土地是温暖的（外二首）/ 199
王迎高	梵册贝叶（外一首）/ 202
云间方圆	草木之间（外三首）/ 206
半　岛	松江是一座修心的城（组诗）/ 209
沈亚娟	致敬卫国戍边英雄（外二首）/ 212
王福友	让我说（外二首）/ 214
梅　芷	昼伏夜出的老鼠（外三首）/ 217
夏　青	梅园（外二首）/ 220
王民胜	望月（外二首）/ 223
漫　尘	梦见一头鹿（外一首）/ 226
子　薇	正是芍药季（外二首）/ 229
李　潇	时间是有光的（外三首）/ 232
朵　而	我们，并不是树上无休止鸣叫的蝉（外二首）/ 235
古　铜	勐巴拉那西之恋 / 238
鲁培栓	春夏小集 / 245
陈中远	晨读皮扎尼克（外一首）/ 249
谌贵芳	一个传奇（外二首）/ 252
李洪涛	某一刻（外一首）/ 257
胡　震	今夜我在额济纳旗（外二首）/ 260
王崇党	归欤，华亭谷（节选）/ 263
张　萌	瞌睡（外三首）/ 268

青　也	骆驼（外二首）/ 272
年　磊	那些年，那棵梧桐树（外一首）/ 274
袁雪蕾	煮粥诗（外二首）/ 278
顾雪莲	山不在高（节选）/ 281
徐凤叶	南村拾句（外二首）/ 284
乔晓琼	武陵春·烟雨微茫花自落（外三首）/ 287
张开江	江城子·敬挽袁隆平院士（外三首）/ 289

剧　本

| 俞月娥 | 公鸡搬家 / 293 |

云间笔会
2021

小 说

杨国光

小猫咪自白

在我还没有莽撞来到这个世上时,听说小区里原来每个单元楼前绿地上都兀立着两只塑料垃圾桶,灰灰的、咖啡的两种颜色,它们风雨无阻地在迓迎三三两两的人儿的到来。一只是丢干的,另一只是放湿的,一左一右,搭配齐全。所谓靠山吃山,靠水吃水,那只置放湿垃圾的桶足有半人多高,它在我的妈妈和我的两个姐姐眼里是食物的储藏室,可以饱食无忧啦。她们每天像运动员似的敏捷地纵上跳下,从垃圾桶里找到能够充饥的食物。且说,她们也可在楼前的空地上吃到楼里好心人给她们喂的剩菜剩饭或者从网上订购的猫粮,更有一位小哥哥,手持奶瓶蹲下来喂她们,那个温馨场景,飘香到几里外。去年暮春,妈妈生下我们几只小猫咪,在我来世前,前面的两位姐姐也相继生了四胞胎。我是在楼前的一处灌木丛里生下来的,一位姐姐生的孩子在底楼窗台下空调机的边上,还有一位姐姐生的孩子在楼后二层大空调外机子的后面。

我们都不知道,自己该不该来到这个世上。妈妈是无为的,可那两位姐姐是有为还是无为呢?在她们把自己的孩子生出来之后,有一天,突然发现楼前楼后的垃圾桶一只也不见了,这着实让她们担惊受怕了一阵子,因我们一向赖以生存的食物基地突然在眼前消失了,无疑是踩空了一脚似的，惶惶不可终日。它们到底哪儿去了呢？日后才知是人类正在实施一场声势浩大的垃圾桶集中管理分类作业运动。我的母亲和两位姐姐急得四处去寻找垃圾桶，凡人都知道，母猫的胆子很小，活动的半径也不大，当然也就不了了之啦。那时我们尚小，嘴里含着奶头，对于外界发生天翻地覆的事儿一点也不知晓。就在这时，我们明显感到妈妈奶水不足，且营养缺乏，她喂了一会儿就不耐烦地抛下我们一走了之。我吃不饱，一天到晚喵喵喵地叫个不停，有时饿得声嘶力竭恐怖地呐喊，吵得四邻直叫厌烦。楼里的好心人找到我们，看了后一筹莫展，因为我们实在太小了，只能在襁褓之中喝奶水，他们爱莫能助。妈妈听见了我们嘶哑的叫喊声，但她自己还是吃了上顿没下顿，奶水捉襟见肘，无奈地看着我们这些嗷嗷待哺的小宝宝干着急没办法。一旦妈妈躺下来愿意喂我们的时候，我们这些小家伙就争先恐后像饿狼似的扑上去抢着吮吸没多少乳汁的奶头，唯恐迟一点吸不到了，把小命也搭上啦。

两位姐姐的小宝宝生得不比我们晚，但模样要小了一点，我看到他们从空调机子的水泥板上跳下来叫着，找他们的妈妈要吃奶。好几天不见他们了，大概两位姐姐也知道大家不能挤在一幢楼前生活，要分散喂养，所以这幢楼前就是我们四只猫咪出来走动。来给我们经常投食的是底楼的一户人家，男主人年纪稍大，女主人模样还算年轻。他们从来不走前门，因后门出来是一片天地。他们喂食是从楼后绕到楼前，趿拉着拖鞋，一只碗里盛着满满的吃食。就这么几步路，把我们从前边引到他们那边。从此妈妈和两个姐姐做一天和尚撞一天钟，每天到那儿去觅食。放吃食的地方是一片小树林，小树底下有四块褐色的石头，一半埋深在泥地里。女主人每天把食物倒在石头上，这样看上去既干净又卫生；在石头旁边还有一只大碗，女主人隔几天放满清水让我们喝。这时虽然没有了垃圾桶里的食物，但我们的食物链始终没有中断。待我稍大后，有一天跟着妈妈来到楼后，瞧了一眼，啊，这里的环境可美呢！他们家的门口东边凹着的一块地支撑起一个长方形的玻璃凉棚，可以晾晒衣服，也可在里面的玻璃长桌子上款待亲朋；或是沏上一杯热咖啡、一杯茶，再点燃一支烟，那个舒服就甭提啦。我和妈妈还有两位姐姐趴在长凳子上，我好动，一会儿跳到桌子上，一会儿跑到花盆里或者爬到小树上。看到女主人喂食了，大伙儿蜂拥而至，我也挤上前去。妈妈拍拍我的脑袋，我就乖乖地到一旁蹲着。待了一会儿，妈妈叼了一块肉跑了。我就上去吃，美味极啦！我那个弟弟不知什么时候也蹿过来吃，他的皮毛跟妈妈的颜色一模一样。我们吃好后，又来到长凳子上小憩，两位姐姐吃好后在长凳子上舔毛擦嘴，我和弟弟打闹一番，被妈妈撵走，回到原处睡觉去。

　　黄梅天过后，天气逐渐热了。有一天，我发现两位姐姐一直和我待在玻璃棚的长凳子上，她们吃饱后也不会跑远，一连几天都这样，我才明白她们已经把孩子遗弃了。我庆幸自己是母的，妈妈把我留在了身边，其余三个弟弟也突然不见了，不知妈妈把他们带到什么地方去了，或许是把他们赶跑了，让他们自力更生（小猫长大后，母的留下，公的就被赶走。有的不愿走，母猫就使劲打它们。母猫如果生下跛脚小猫，就不喂它了，同一窝生的小猫也不会和它玩耍。这是动物界优胜劣汰的自然法则）。我看见两位姐姐好像什么事也没有发生似的，每天待在树上。我还太小，加上营养极度不良，发育慢，瘦小，可怜的连个尾巴都无力高翘起来。女主人虽然每天喂食，但还是不够我们吃，我们也不去其他地方找吃的，因没有一处可以觅食。

　　天气真的热了，大概到了35摄氏度吧。这一天，女主人给我们喂了好多吃的，多得吃不掉，实属反常，我后来才知道男女主人要开车出一趟远门。我们早一点得知就好啦，我们要对他们说，你们走了后，我们怎么办？我们会不会饿死呢？男女主人出门前跟邻居打招呼说，喂小东西一点吃的吧。这我们也晓得，人家不喂我们，自有他们的难处，我们总不能向他们死皮赖脸地讨要吧？在男女主人出门的这段时间里，我们只能自食其力啦。他们回来后再也没有见到我的两位姐姐，是的，她们好像出事啦。以前听两位姐姐说，她们小时候多受男女主人的关照，冬天里还给它们找来纸箱子，让她们挤在一起抱团取暖抗寒。她们为了答谢男主人，天天在家门口爬树。因男主人说过，看猫儿爬树是一道风景。男主人还说，爬树的猫是心态极佳的猫，是热爱生活健硕的猫。

自从男女主人出门旅游后，我们学会了走西家串东家化斋。我们始终不明白，他们为何在疫情期间还要出门远行？外面的世界难道真的这么有魅力吗？爷爷说了，出门一是练练业已衰退的筋骨，二是纳凉避暑品尝四方美味。我待在底楼人家玻璃墙的边缘上，他们透过这层玻璃看到我晃着小脑袋在一个劲地叫，这种样子也是蛮可爱的。妈妈好像特别要面子似的，或许她老人家年纪大了，抑或她觉得叫是我们小辈的事。我可从没听到，哪怕她仅有的一声叫唤。我从小就爱叫，我要有存在感，虽然我的叫和不叫在一定的空间里别人是听见或者听不见的，但我总觉得叫是划算的，不叫在理论上是怯场的。是的，会叫的猫儿有吃的。好心人怜悯之心皆有，他们开门出来喂食，我看到了希望。有第一次，就会有第二次。男女主人一年要出门好几次，我和妈妈都已经习惯了在外讨吃食，没有什么不好意思的，这也是我们的工作，比起那些上班族，我们还是最悠闲一族。男女主人回来，车里载着什么黄灿灿的洛阳小米，什么大红的陕西枣子，反正没有一样是我们能吃的，没什么可稀罕的，这不关我们的事。他们又在那几块石头上投食，我们又能饱餐了。

小区里的垃圾桶搬到大门口边上，离疫情检查口不远。有时清洁工要给垃圾桶消毒，那个消毒液气味难闻，我们也靠近不了它们啦。我们的周围同伴们似乎少了，这是大势所趋。有一次，我看到妈妈待在空调外机子上，旁边有一只肥硕的公猫相伴，有次公猫想要和我妈妈套近乎，妈妈拒不配合，还差点与公猫打了起来。我想妈妈是对的，眼下连自己生存都困难,生下崽子怎么办?小区里垃圾分类后,地上干净了,那些志愿者老奶奶老爷爷打扫得可勤快了。小区里绿树掩映,鸟语花香,我们这些猫咪吃饱肚子后,也能享受一下优美环境了。

庄锋妹

权益之争（节选）

硕大的雨滴时缓时急，杂乱疯狂地敲打着办公室的落地窗，宣告自己临近年终最后的一次光顾。何玲娟叹了一口气，把脸深深地埋进了自己那件高领羊毛衫里，想努力藏住瘪得快要哭出来的嘴。

太委屈了，这个谢然实在是太可恶了，没想到他真的公报私仇！

她已经在心里暗暗痛骂了千次万次，但是又有什么用呢，依然无法改变现状，无法扭转局面。

雨势越来越大，一副不依不饶的架势。身边的人假装很忙碌，都坐在自己的位置上，不是对着电脑噼噼啪啪，就是拿着话筒叽里呱啦，似乎忘了刚刚结束的会议，或者说利用这些掩饰内心的猜忌和幸灾乐祸。

"喂，谁要喝星巴克？"薛安突然推开了办公室的玻璃门，大声叫道，"我请客哈。"

本来就不正常的气氛一下子被渲染得更不正常了。傻瓜都能猜得到向来只会吃人家的薛安今天怎么舍得花钱请大家喝咖啡，所以在半真半假、嘻嘻哈哈中不免带着看好戏和站队的成分在。

何玲娟后背僵直地坐在办公椅上，握着水杯的手因为气愤而微微颤抖。她有想过薛安会幸灾乐祸，会趾高气扬，但没有想到她会这般迅速地高调炫耀和拉关系。

"何玲娟,"薛安嗲声嗲气的声音突然在她身边炸响,"你想喝什么?摩卡?拿铁?还是巧克力?今天我请客哦。"说完,从鼻子里发出了一声冷哼。

这种裹着糖衣炮弹的假惺惺,任谁都知道她安的什么心,只是大家都喜欢装傻子,在职场中,装傻子是自我保护最好的手段。

何玲娟捏水杯的力气越来越大,青筋暴露,真想把这玻璃杯给捏碎,然后把碎片都塞进她的嘴里,让她再像发情的母狮在这里乱叫乱吼。

"这么热闹,"谢然突然推门而入,他那张圆滚滚的脸挤满了阴阳怪气的笑容,眼睛滴溜溜地环顾了四周一下,基本就明白看似融洽的气氛中其实暗藏着战争前的蠢蠢欲动,但他依然面带笑容问道,"这是要庆祝什么吗?"

"对呀,"看到谢然,薛安立马像蝴蝶一样扑过去,"我不是升了华东地区的内控经理了嘛,请大家喝杯咖啡,开心一下。"她叽叽喳喳地说着,随后脚后跟离地,身子前倾,嘟起性感的擦着大红口红的嘴唇,娇滴滴地问道,"老大,您想喝什么?"

谢然快速地扫了一眼薛安大V领深处那白晃晃的东西,意味深长地说道:"只要是你的,我都爱喝,你决定就好。"

薛安意识到了什么,脸一红,小嘴再次一嘟,娇嗔地白了谢然一眼,又乜斜着眼朝不远处的何玲娟瞥一下,随后扭着像装了电动马达的屁股朝她走去。

大家似乎都意识到了什么,眼睛齐刷刷地跟着薛安的身体移动,担心一眨眼就错过了好戏。

"喂,"薛安一掌拍在了何玲娟的右肩上,"怎么?我请喝咖啡,不给面子吗?"语气里明显带着上司对下属的不满。

何玲娟没有说话,而是把肩膀往里一缩,薛安的手就落空了。

"哎哟，"薛安假装哀号了一声，随后委屈地说道，"不想喝就不喝呗，又不是哑巴，说一下不行吗？非要用这种冷暴力来对待一个好心请你喝咖啡的人吗？"

"再说，她还是你的上司耶……"她刻意地压低了嗓门，提醒道。

一阵反胃，就像被强行喂了一只苍蝇！这个女人真的有脸这样张扬吗？别人不清楚她是怎么得来的这个职务，难道以为我何玲娟也不清楚吗？要不是我那晚严词拒绝了谢然，让他丢了脸面，今天轮得上你这个妖精在这里兴风作浪吗？给你鸡毛你还真他妈的当令箭啦？

何玲娟在心底如窗外的狂风暴雨一样狠狠咒骂着站在自己身边的薛安。她实在忍无可忍，先不说刚刚在会议室，谢然的宣布让自己颜面尽失，现在连这个完全没有工作能力，全靠卖弄风情的妖精也开始在自己面前撒野，老虎不发威，还真把自己当病猫啦？

"走开！"何玲娟从喉咙深处挤出了这两个字，身板僵硬地挺直，像一只随时作战的刺猬，透着尖锐。

薛安的脸猛地一沉，她怎么可能允许自己刚上任就被别人来挑战权威呢？她咬紧牙关，不动声色地在嘴里来回摩擦，从鼻子里冷哼了一声。

"你别敬酒不吃吃罚酒！"薛安冷冷地撂下这句话，随后立即换了一副笑脸，对着正准备离开办公室的谢然叫道，"老大，等一下，我给您汇报一下工作。"说完，再次扭动着电动马达般的屁股，扭到了谢然面前。

"我刚刚和天源这里对接上了，以后他们的案子就由我们这边负责，他们让我下午4点前把前期做的一些数据资料分析和市场分析全部发过去。可是，前期我没有插手，都是何玲娟在负责，您看……"她假装不好意思地撩拨了一下垂在胸前的长发，一副楚楚可怜的样子。

"何玲娟，"谢然充满鼻音的声音在办公室响起，对着脊背僵直的何玲娟，"你务必配合好薛经理的工作，把天源要的资料整理出来。"

眼泪就在这个时候涌在眼眶处，又被何玲娟用愤怒狠狠地逼了回去。

身体告诉她，此时此刻，应该站起来，厉声拒绝，因为只要是销售部的内勤人员，哪怕不是，但凡懂一点这个知识的人都知道，天源要的这些数据，不是靠她一个人在这么短的时间内就能弄出来的，需要几个部门的配合，至少需要一周的时间才能整理出来的。但内心的声音却在告诉她，不能这样冲动，你难道忘了昨晚于峰和你说的话了吗？难道你真的为了一时之快而要冒失去这份工作的风险吗？难道你真的有这个资本来为自己讨回公道吗？

职场向来没有公道可言，就像中年人向来不相信眼泪一样！这是薛安对自己的惩罚，让你生不如死的惩罚，更是杀鸡儆猴，做给其他同事看的。

何玲娟放在办公桌下的拳头一次次地握紧又一次次地松开，牙齿一次次地咬住嘴里的肉，每一次都感到疼痛。

疼痛就对了，中年人的人生谁没有疼痛！谁又不是忍着疼痛依然在笑。

良久，何玲娟点了点头，抬起头，露出笑脸，很认真地说道："好的。"

薛安露出了胜利者的笑容。她很清楚，自从那晚和谢然在一起之后，以后在内控部，不管和谁，自己永远都是赢家。这是谢然为她的筹码买单的保障，更是她用身体作为武器在职场上唯一和最终的一次赌注。

"哎哟，何玲娟，那就辛苦你了……"薛安扭着屁股站到了何玲娟的面前，假惺惺地说道。

脊背依然僵直的何玲娟艰难地咽了咽口水，就像咽下所有的委屈和愤怒，随后缓缓地从椅子上站起来，嘴角扯了扯，空洞地回应："不客气，薛经理。"

哼，薛安从心里冷哼了一声，嘿，瞧你那怂样，还不是要妥协和低头，又何必装出很践的样子呢？

"4点前啊，必须交给我。"薛安双手交叉在胸前，一副领导的模样交代道。

"嗯。"何玲娟低着头,用力咬着下唇点点头。随后不等薛安离开,就拉开椅子,迅速转动着下半身。这时,一声轻微的撕裂声不禁让她花容失色。那是她为了今天的会议特地穿的比较紧身的包臀裙,如果开缝,再露出里面用指甲油补过的黑色连裤袜,那今天的倒霉事才真叫成双成对了。不幸中的万幸,眼睛的余光告诉她,裙子挺住了。

何玲娟狼狈地冲出办公室,冲进了不远处的卫生间。

那还是自己吗?所有的五官都像斗败的公鸡,毫无生气地耷拉着。早上好不容易翻出来穿的包臀裙,也因为刚刚转身的用力,裂开了一条缝,似乎在嘲笑自己的主人今天是如此的狼狈。

何玲娟用手捏了捏裂缝的地方,就像捏住薛安张狂的嘴,但是她知道自己再也没有办法捏住了,所有的希望就在刚刚的会议中破灭、消失,如肥皂泡沫不留下任何痕迹。

这简直就是一个阴谋,一个龌龊恶心的阴谋,或者直接点就是公报私仇!今天上午的会议,整个部门都知道是要宣布华东地区的内控经理一事。每个人都知道这个职位非何玲娟莫属,没有任何悬念,但当谢然用充满鼻音的声音宣布这个职位人选时,就像在安静的人群中丢下了一颗随时都会爆炸的炸弹,惊得所有人呆若木鸡。

"靠!"何玲娟从喉咙里咬牙切齿地挤出了一个脏字,一想到当时谢然看向自己的那种充满挑衅又得意扬扬的眼神,还有薛安刚刚对自己趾高气扬的态度,她就想挥起拳头狠狠地揍向他们,把他们的丑陋面具疯狂地撕扯下来,让所有的人都看看,这对狗男女的交易。

可是自己又有什么能耐呢?就像谢然说的那样,你就凭一段语音又能说明什么呢?你以为别人会因为你的这段语音相信我是想调戏你而不是你要勾引我?你觉得公司的人会相信谁呢?和我斗,你太嫩了!

砸在窗户上的雨珠就像砸在何玲娟的心头,生疼,冰冷。人到中年,却活得那么卑微，别说有保护自己的能力，就连最基本的反抗都不敢。是的，自己无力反抗，就在昨晚，于峰告诉她，远在北方小镇上的他的父亲得了肺癌，需要手术治疗，作为长子的他，不能看着自己的父亲被病魔夺去生命。可是，这个病，谁都知道是个无底洞啊，而目前两个人的工资除了还房贷之外，基本上都花在了孩子的教育上了，哪有什么存款！

在这样的情形下，自己有什么底气和资本来反抗谢然与薛安明目张胆的凌辱呢？

为了生存，只能把所有的委屈和愤怒吞进肚里，不但要绝口不提，而且还要守口如瓶！

何玲娟的眼泪早已在心底泛滥成灾，却始终不敢溢出眼眶半滴。她知道，莫斯科不相信眼泪，中年人同样不相信眼泪。

谢青

"垃圾"阿星的故事

　　台上世界举重冠军小李虽然半身截瘫，但为国家赢得了荣誉的她神采飞扬，那些刻苦训练、咬牙拼搏的岁月被她说得那么荡气回肠，时不时还热泪盈眶，哽咽不止……听着小李的诉说，台下阿星的思绪却一下子回到了2002年春节前夕，他被残联的同志送去上海残疾人体育中心参加举重资格的选拔。一听说自己有机会成为运动员，阿星兴奋了足足半个月，夜晚他不止一回梦到自己得了世界冠军，国歌奏响，鲜艳的五星红旗徐徐升起！

　　他坐在轮椅里被随行人员推进上海残疾人体育中心，一路观摩了坐式女排、轮椅男篮、卧式举重等项目的现场训练，阿星的热血开始沸腾，他渴望自己是其中一员，为国争光。半小时后，卧式举重的程教练来了，是个大腹便便的中年男子，据说他已经培养出了二三十个世界冠军。在程教练接过选拔表时，阿星心情激动，仰望着神圣的他，可程教练扫了一眼旁边的两位同志竟然脱口而出："你们怎么把什么垃圾都往我这里送啊！"

　　"垃圾！""垃圾！""垃圾！"阿星脑海里反反复复回响着这个词。这是土生土长的上海对他最狠的一次评价。他转动轮椅背对着程教练往大门而去，临走前阿星椭圆形的脸上布满了倔强，眼眶里闪着泪光丢下一句话:"我这个垃圾一定会闪耀出金子的光芒,莫欺少年穷!"

20岁那年,阿星被定义成"垃圾"(后来,他才知道举重项目不录用脑瘫残疾人)。早产3斤8两体重的阿星一出生便在上海瑞金医院的保暖箱里与死神整整搏斗了40天。回家后,母亲用她甘甜的乳汁把阿星喂养大。两三岁时,家人发现阿星不会独立行走。于是,父母背着他踏上了漫漫求医路。在这期间,他们听说哪里治疗效果好就往哪里跑,一次次抱着希望而去,一次次失望归来,中医西医试过千万遍……

面对不能站立、坐也很困难且语音浑浊、口水连连、双手不能捏拿东西的阿星,母亲为了能够让儿子学会自己吃饭,断断续续饿了他好几周——宁愿让阿星自己抓饭抓菜吃也不许奶奶喂!她还在阿星十个手指上、两只手掌里抹满了尖椒水,每天做一两样儿子最爱吃的东西,必须让他手握筷子夹着吃,不然宁可让菜发馊丢掉!半年下来,那个大胖小子不在了,阿星却奇迹般地学会了使用筷子。母亲紧接着教他穿衣服和自理大小便,这一件件平常小事对阿星来说简直是"翻雪山过草地"。6岁起的那4年,阿星在家上"幼儿园",母亲是第一任老师,教他拼音、汉字、加减法。

10岁那年,母亲去找校长,搬出《中华人民共和国宪法》第二章第四十五条"国家和社会帮助安排盲、聋、哑和其他有残疾的公民的劳动、生活和教育"的内容并撂下话:"只要让我儿子能够坐进一年级的课堂读书,剩余的问题我来解决。"于是,阿星终于圆了读书梦!三年级时,顾校长主动找到阿星说:"阿星同学,你也是一名少年了,想不想自己上下学?我可以送你一辆轮椅。"两个星期后,顾校长发动全校师生为阿星捐款,从上海买了一辆黑色轮椅……

从四年级开始,阿星就借助这辆用爱心凝结而成的轮椅完成了自己的九年制义务教育。被程教练称为"垃圾"后,阿星暗暗发誓一定要闯出自己的人生之路。他一头扎进石湖荡镇图书馆如饥似渴地读巴金、鲁迅、朱自清、徐志摩、闻一多、莎士比亚、托尔斯泰、普鲁斯特、雨果、简·奥斯丁、莫泊桑、屠格涅夫等大家的作品，与大师对话使阿星渐渐放下执念与命运讲和！其间，副镇长语重心长地勉励过他，镇、区残联更联合松江电视台，为他拍摄了一部《脑瘫患儿作家梦》的专题片。后来，在专属文学老师周先生的牵线下，松江区图书馆送来了一台旧电脑，于是阿星又一次接受了新的挑战。

从那以后，阿星一个字母一个字母地学起了打字。由于他的双手手指极不灵活，别人是十指齐飞，他只有三指是主力。阿星把自己的长篇小说作为打字的素材，整整打了3个月，作品也从18万字扩充到22万字。从1分钟2个字到1分钟15个字——现在他每分钟可以打四五十个字。2005年，接入宽带，无障碍的互联网世界来了。他给自己取网名"寻找一颗星"，寓意在追寻大师或榜样足迹的过程中，自己也能成为一颗有所作为的星。阿星在互联网上发表长篇小说，收获了大量的粉丝。他在这个虚拟世界里结交了五湖四海的朋友。

东北网友的一句话让阿星至今难忘，她说："别人的事情不用你震撼，你为什么不去震撼别人！"当时，阿星在网络上混了四五年，从对电脑一窍不通到做过美图网、个人网站，当过网络文学编辑……阿星似乎把什么东西丢掉了，一直在为他人作嫁衣。自从收到她QQ上的质问后，阿星便思考：自己为何会堕落到这样不可救药的地步？这位女网友的咆哮让他明白自己真正想要的是啥。于是，阿星放下所有，重拾文学。2010年，阿星网恋了，第二年女儿出生。有了家庭温暖的阿星看世界是一片美好，他写稿更勤奋了，硬是通过互联网断断续续的收入撑起了整个家庭，十年磨一剑，终于化茧成蝶！人生自此到达巅峰，算是圆满了，可命运捉弄人，七年后妻子不甘平淡，决意选择离开，阿星成了一位单亲爸爸。

离婚当晚，阿星悄悄给女儿写了第一封家书。他写道："从小到大，你没嫌弃我的残疾，我身上一切与众不同的地方。你会要求我送你上学，接你放学，别人汽车或电瓶车一路飞驰，我坐在轮椅里，你在旁边一路步行，我们有说有笑。上坡时，你会主动从后面推我一把……我很享受这样的时光，我愿如此陪你慢慢长大！爸爸会努力，努力生活，努力赚钱，努力陪你一同成长，努力实现自己的梦想。你母亲或许是我生命里的一段插曲，而你是我的现在与未来，是我活下去的全部意义。最后，我要告诉你，你名字那三个字的深刻含义：要想岁月静好，我们必须生命不息，人生不废，一次一次地经受'春风吹又生'的洗礼。"

离异后的阿星感受到了来自四面八方的亲切问候，网友们时不时地还快递礼物给他，南昌的板鸭、江苏的水蜜桃、福建的零食特色大礼包……名曰：送你女儿！团委、残联、党委在一次次上门关怀之后更是强推阿星一把，五四青年奖章、自强模范、全国百姓学习之星，一个个荣誉见证着他的优秀。失婚阵痛过后，阿星又一次破茧而出。没有约稿时，他便离开电脑坐在轮椅里寻一处静谧之地，阅读书里的世界。阿星曾笑言："行万里路这辈子或许做不到了，但读万卷书还是可以的。一花一世界，一叶一菩提，书里自有我的岁月静好。"每每沉浸在阅读中，阿星总有与旧友重逢的喜悦之感，一本书就是一个人生片段，一本书就是一种人生群像。阅读使他梦想照进现实，遇见了更美好的自己。"腹有诗书气自华"在阿星的人生轨迹上真正得到了印证。

思绪收回，阿星被四个志愿者连同轮椅一起抬上六级台阶。这次作为先进人物代表，他要在主席台上分享自己的成长经历。从20年前自己被人说成"垃圾"到20年后受千人仰视，听他发音浑浊的演讲，阿星右手紧握话筒侃侃而谈，时而澎湃，时而深沉！这段艰苦奋斗的岁月，恰是深埋心底的梦想种子燃着一团火苗，百折不挠要破土，众人拾柴火焰高，四方关注，八方支援，爱的暖流灌溉他走上康庄大道！阿星最后说："儿时，母亲对我很严厉，但正是由于她的不放弃，才让我学会了独立。母亲告诉我，只要不断努力，每个人都会有属于自己的一颗星。后来我才明白，人生就是我们寻找那颗星的过程。如今我在互联网上靠思想奔跑，感谢那位曾经说我是'垃圾'的教练,让无路可走的我闯出了一条路!"

雷鸣般的掌声中,一位老者离开座位登上主席台向阿星走去。他依旧大腹便便,只是头上多了几缕白发、脸上多了几道皱纹。他站定弯下腰,深深地朝阿星鞠了一躬说:"星老师,当年我口不择言伤害了您,实在抱歉!我现在常常用您奋斗的事迹激励一批又一批队员。您也是小李心中的偶像,刚才我看见她向您要签名了。您是作家、微博大V,您的故事、您的作品、您的精神深深地感染了我。我再一次为自己当年的不当言论向您道歉。"

"程教练,谢谢你曾经的不收之恩,你的一句'垃圾'使我意识到别人条条大路通罗马,我却自古华山一条道,要想'一览众山小'必先'会当凌绝顶'。"

他们一笑泯恩仇,临别前两人合影留念,这张相距20年的合影被阿星摆在书桌的一角。

"做人要知足,做事要知不足,做学问要不知足"是阿星的座右铭,他的人生还在不断书写着一个又一个精彩的华章……

云间笔会
2021

散　文

张林琪

麦苗青青

记忆中的秋冬，稻子收割以后就得播种麦子。"不经一番寒彻骨，怎得梅花扑鼻香。"凌霜傲雪的梅花，历来为文人雅士所称赞。可是同样在天寒地冻里，麦苗却没有那么幸运了，只有农民才会视其为宝。从见苗三分喜，到春风柳上归，农民用一整冬的心血，使麦苗儿由针尖及叶片，由肥绿至墨绿，最后像碧波荡漾的一泓湖水，将千里沃野装扮得青葱郁茂。城里的孩子偶尔来到乡下，连连惊呼："哇，这么多韭菜！"

三麦丰产一条沟。当年农业学大寨，农民为了多收麦子，穷尽手段挖深沟。稻子收割前，清理外围沟，加深串心沟，不超1米不罢休。稻子收获后，田间明沟改暗沟，横三条竖四条，人人手上皆血泡，地下水流淙淙，地面一平如展，拖拉机、盖籽机来回奔跑。农民将这样的麦田戏称为飞机场。偏偏天公不作美，麦子播种后连续干旱，二十来天不下雨。于是男女老少齐上阵，拍麦保墒争出苗，头顶星，脚踏冰，硬是从麦榔头下拍出水分来。直到麦苗破土而出，一场与天斗、与地斗的人海战役才告一段落。去年房屋动迁，一把完好无损的木制拍麦榔头和一把锈迹斑斑的暗沟铲，居然映入眼帘。睹物叹岁月，五味杂陈直涌我心。

"社员挑河泥，心里真欢喜，扁带接扁担，脚步一崭齐。"这支曾经在郊区农民口中传唱了一二十年的红歌，描绘的就是社员挑泥压麦的场景。

那时的河泥，在河底沉降积聚了一个年头，颜色黝黑，腐殖质丰富，又无化学污染，是上等的有机肥。冬至将临，生产队长下令坝断河浜，抽干河水，姑娘小伙们从大叔大妈的铁锸下，接过一担又一担河泥，一路欢笑一路歌，吱嘎吱嘎直往麦田里挑。几十亩麦苗经过人工踏、河泥压，半个月后，长势长相出奇地好。适逢党委书记老顾察看田头，一瞧现状，立即脱口而出："花靠塌，稻靠挖，麦靠压。你们做得好啊！鸡脚型，摊棵头，盆子式。一二三只蘖，四五六十万苗，七八九条次生根。这是冬壮的标准，麦子高产的关键。好苗，好苗！"还当场从地里拔起几棵，爱不释手。临走，顾书记紧紧握住队长的双手，爽朗地说："你们的经验一定要在全乡推广。"

20世纪八九十年代，寒冬腊月常会降几场鹅毛大雪。天赐甘霖，麦苗青青，冬壮、保暖、抗病、除虫，一举数得。待到冰雪融化，农民们来到田头绕上几圈，通沟系，排积水，为麦苗根系继续深扎再给力。麦苗青青，你是大地的儿，你是农民的魂。前几年，家庭农场主小何，借鉴前辈经验，大麦小麦连年丰收。可是，去今两年，小何的田里一改往昔，放眼远眺，麦苗无踪，青青难觅，唯有稀稀拉拉的杂草在西风里摇曳……一番交谈后方知，土地要休养。我忍不住追问："都一样吗？"答曰："都一样，上头规定的。"

哦，再见啦，我的麦苗！再见啦，我的青青！请允许我轻轻地问一下：像韭菜一样的麦苗，你，还能回来吗？要知道，2000年，棉花撤走了；2008年，你的同伴油菜花也离去了。现代化城市里的孩子与几十年前一样，他们已不知棉和油菜花是什么，也分不清麦苗与韭菜，到底谁是是、谁非非！可是，麦苗呀，你，毕竟是五谷杂粮的一分子，怎么能不与孩子们交个朋友、相互认识一下就悄悄地走了呢？

磨 子

磨子，曾经是世世代代农民用以磨米粉、碾豆浆的重要工具。碾磨，乡人称为牵磨。临近过年，家家户户都要牵磨，用碾磨后的米粉做圆团、蒸斐糕，犒劳过去一年的辛劳，祝福新春佳节的团聚，祈盼来年生活步步高。许多美好的愿望，都被人们寄托在吱呀吱呀的牵磨声中，糅合进圆团和斐糕的美味之中。

磨子，由直径50厘米、厚度各为5厘米的上下两爿圆形花岗岩石头组成，石匠分别在磨合面上凿出有规则的凹槽和凸线；底下的一爿，磨合面的中心点有一个凸起的木制圆柱，与上爿磨合面的中心点凹孔对称咬合；上爿的另一面，安置一块木板，与直径两端的圆孔捆扎，一头伸出磨盘，挖有一圆孔；木板一侧的磨盘上凿有一个贯通磨合面的圆眼，供牵磨时投放米粒。一具人字形的木架牵引石磨，称为磨夯，一头安装垂直的牵引轴，插入木板的圆孔，另一头与2米长的木棍扶手相接，左右两边用绳子吊起。一人把握牵引轴，一人推拉磨夯，磨子就此转动。腊月一到，牵磨声就像一首美妙动听的乐曲在古老的房屋内盘旋，清香的米粉味儿飞出屋檐，在四周空气中随风飘逸，宁静的乡村顿时喧嚣起来。

"推呀拉呀转又转，磨儿转得圆又圆。一人推磨像牛车水，二人牵磨像扯篷船。""推呀拉呀转又转，磨儿转得圆又圆。上爿好像龙吞珠，下片好像白浪卷。"锡剧《双推磨》中苏小娥与何宜度的经典唱段,惟妙惟肖地刻画了男女主人公以磨为媒的甜蜜爱情故事,让无数乡人迷上了锡剧,并爱上了牵磨。

老家的村子农户多、磨子少,要磨粉就得相互预约。待到轮上我家的那天,中午一过,我就顾不上奶奶的劝阻,径自一人拿起扁担,来到何伯伯家取磨子。何伯伯还在起劲地推拉着磨夯,与我同岁的女儿秀妹正在熟练地拗磨,只见她左手按住牵引轴,把握顺时针旋转的方向,右手灵巧地往磨眼里投放着晶莹的米粒,洁白的米粉像雪花一样从磨盘的齿缝里向四周飘出,纷纷扬扬地堆满了下面的大竹匾。正当我看得出神入迷的时候,秀妹的左手戛然而止,双手从右边的米箩里捧起最后一把糯米放入磨眼,磨子吱呀几声,终于磨完了。何伯伯帮我装好担子,说实话,时年16岁的我,要挑起这副一百来斤重的磨子,是有一点难度的。可是作为家里的长子,我不挑谁挑?客气的何伯伯提出要送我一段,被我婉言谢绝了。果然,未到中途,我就累得气喘吁吁,被迫停了下来。不多一会儿,秀妹赶来了,从我手中夺过扁担,一口气帮我挑到了家,急得奶奶不停地埋怨我:"你这个小囝,真是不懂事,哪能好意思让秀妹姑娘帮你挑啊?""阿婆,您孙子是读书人,肩胛嫩,我从小挑惯了担子,不要紧的!"秀梅逗乐了奶奶,接着一个转身,像小鸟儿似的飞回家去了。

奶奶告诉我,村里其实还有几副小巧玲珑的手磨,如果三五斤米粉,一个人碾磨就行,可是东洋人打进来那几年,被抢走了。以后,村里人就靠这三副磨子轮流磨粉。秀妹爸爸非常爱惜磨子,每年正月过后都会收拾停当,还自家出钱请石匠修理磨槽。我一边推拉磨夯,一边聆听奶奶诉说,突然发现奶奶真的老了:白发苍苍,弯腰曲背,可还在专心致志地为家人拗磨,不由得一阵心酸。1978年,机器磨粉盛行,牵磨声消失,奶奶也走完了她的人生。

最近回乡,遇到秀妹,说起50多年前帮我挑磨子的那件事儿,我再次表达了迟到的谢意。秀妹倒也爽气,朝我笑了笑说:"这点小事你还记得啊？前一阵子有城里老板来收购古董，看到我爸保管完好的一副磨子，开价3000块，可我实在舍不得卖。"我大喜："秀妹，你做得对，这是伯伯留下的遗产，不能卖，给子孙后代做个纪念吧。"

爽朗的欢笑声久久回荡在村子的上空。对，陪伴了老家几代人岁月的磨子，假如你能听到我和秀妹的对话，一定会高兴不已的。因为你，已经成了一件具有灵气的古董。

钱明光

漯水渡与得胜渡

松浦大桥是黄浦江上的第一座大桥。因为是第一座，乐坏了我们这些松江人。年轻时常约上几人，骑着自行车去，站在桥中段凭栏远眺。看日出日落，看船队浩浩荡荡。最近大桥重修后，我又一次去，为的是看看这块地理上极重要的区域。

这块区域位置十分显要，松浦大桥、松浦二桥同建在此处；上海市民原70%以上饮用水的取水口就在这附近；当年军民联手成功抗击倭寇的战场在这地方；日本侵略者从金山卫登陆渡江北上的地点选在这里。站在松浦大桥上看两边，黄浦江经过了长溇村那一处美丽的湾后，显出一段更宽的江面，在这里与南北盐铁塘、北沙泾、沙泾港四条大河相聚于此。漯水渡与得胜渡两个渡口相距2里路，都是松江段的主要渡口。得胜渡在大桥东面一点盐铁塘的入江口，漯水渡在大桥西面一点北沙泾的入江口，是今日长溇与得胜两村的界河。

这两个渡口虽然相距那么近，但都很繁忙。四条大河汇聚于此，亭林、庄行、叶榭、张泽等南片经商的、走亲戚的、看病的、跑码头的都在此摆渡过江。乘船到此或步行到此摆好渡以后接着再乘船或步行，就好比现在公路四面相通的人民广场。这里的位置重要可想而知。

漯水渡是黄浦江松江段最宽的渡口，长400米，收费却不是最高的；北泖泾对应的河是泖泾港，泖泾港是张泽、叶榭的界河，一直通到金山的南面。1924年，直系军阀与皖系军阀几千人为争夺这渡口在这里打过一战，皖军败退，可见这渡口位置的重要。"漯"这个字在这里读tǎ，据盛济民先生说，这里曾是水獭泛滥之地，人们摆渡时忌讳它的突然出现和怪怪的叫声，这个字原是"獭"的避讳字，"獭""漯"同音，没有特别的意义。

得胜渡在得胜港边，得胜港原是个小小的集散地，江边码头边有茶馆、小饭馆，我小时候去玩，还看到有中药铺，服务于两岸近江的农民和移动的船民，早晨去还有鱼摊。它是南北盐铁塘的交汇处（南段盐铁塘现名叶榭塘），这是国家专管的运盐河道，有盐兵把守。这里曾经用渔民、船民的力量打败了不可一世的倭寇，后人把这里取名得胜港。当时为灭倭寇，朝廷派了山西、河北的好多专业兵丁，但都失败而归。明嘉靖三十三年（1554），附近深受其害的乡民、渔民、船民联合起来，潜伏在各支河里，倭寇船一到，围堵而上。这些乡民、渔民和船民熟悉水性，又是乘其不备，在江面上把倭寇打得落荒而逃。

过去所谓交通发达都是指河道通畅，我不知道这个"道"先是指的陆上的道路还是航行的水道，如今水陆轮换的一个现象是，今日的江南著名古镇，过去都是水上交通发达的傍河大镇，有了陆路，这些古镇因沦落为偏僻的地方而少有人问津，也因此才得以保存至今。

渡，有机器动力的叫轮渡，手工的叫摇渡；官办的叫官渡，乡绅自办的叫民渡；有船无固定渡工的叫散渡或野渡。最有诗意的是"野渡无人舟自横"，摆渡靠喊，过去取名字最后一个字一定是"张口呼"的，不然，有人会说，碰到摆渡喊不远。而最为壮观的是这里，400米江宽，可边看江景边听涛声；晴朗之日，两渡还可互望。那逶迤的船队，忙忙碌碌，昼夜不息，更是渡口热闹的现代风景。

小站与远方

一

我乘过火车无数,唯独50多年前在鹰厦线崇山峻岭上的情景老是在我脑中闪现:火车单调地在半山腰吭哧吭哧地开着,周围没有任何其他声音。河的对面,不时有小的河谷出现,有一两畦种着水稻的地,却不见人。窗下,不时会闪过一个个小站,快得有时连站名都来不及看清。小站总是冷冷清清,没有旅客,只有孤零零的铁路员工毕恭毕敬地手执信号旗目送列车。那种超然于世外的幽静,几十年来我一直记忆犹新。

每每想到这些小站,就好想在那儿坐上一会儿。

二

那年深秋与几位同学去练塘,约好在石湖荡车站汇合后步行前往。早晨的田野上有着一层薄薄的雾气,像油画。家家炊烟袅袅,远远地传来几声鸡鸣。车站是深秋农村唯一的动感地带,却没有喧哗,没有焦躁不安,一切泰然处之。偶有火车晚点,黑板上早有粉笔字预告。等你稍有倦意,一列火车拉响汽笛、冒着白烟、震动着脚下呼啸而过，然后，恢复宁静。

客人稀少，我发现，他们进站后都会习惯性地眺望下铁轨的远端。我知道，他们心中各有各的远方。

三

后来我调到石湖荡工作，一次陪伴一位专程回家乡的老太太候车。她说，她故乡是这里的，18岁时远嫁江西，这里已经没房，也不知道家乡的亲戚了。她的父亲在1938年过铁路桥时，无缘无故地被守桥的日本人打死。她父亲有良民证，而且让一个日本兵看过了，已走到桥那头了，另一日本兵还是拿起了枪。几十年来，她一直有个心结，要给天堂的父亲一个交代。现在中日建交了，她想打官司，想让日本人赔偿，想让日本人写封道歉信好让她在父亲坟前烧掉。那天我不忍心说什么大道理，专注地听她讲着失去顶梁柱后母女生活的艰辛和对父亲的思念。

送走她后，我望着空荡荡的车站想着：小站，也承载着厚重的情怀。

四

常见恋爱中的情侣，两手紧拉着，分别走在两条铁轨上。两条铁轨永远平等相处着通向远方，头顶是太阳，周边是芬芳，很是浪漫。

车站旁有一棚屋，住着位胡子拉碴的壮年，姓王。他的任务是每天推着辆独轮车在铁轨上走着，去时走这一条轨，回时走另一条轨。日复一日，年复一年，不论烈日寒冬，还是风狂雨猛，每天走几十里路，检查着铁轨、路基、道岔。

中国铁路有多长，就有多少个这样的老王，他们的工作是否有诗意？

五

车站旁有一户人家，没有一个人务农，靠老邵一个人的工资养活着一大家子。

老邵是长话局的线路工，管着石湖荡到新浜的一段线路。他平时巡线周边的人看不到，天气正常情况下又不用出工。好在老邵一家为人低调，待人和气，也没遭邻居们忌恨。其实，老邵很委屈的，长话局是市管单位，一度还军代表管着，不容许他多说什么的。当时农村真是漆黑一片，伸手不见五指，他经常手握手电筒，在风狂雨猛时夜巡线路。有一年，天气连续下冻雨，他几天几夜巡线，在夜色中爬上电杆拉线、接线、维修。一天清晨，在车站不远，有一个人蜷缩在路基旁，我以为是沿铁路远走的乞丐，后一看是收工回来累坏了的老邵。

长途电话线好多是沿铁路线走的，我这才看清，铁路线并不只是平面的两条铁轨，它是立体前行的。

欧粤

牛年说牛

"耕牛是个宝，种田少不了，我伲队里呒耕牛么，生产哪能搞？"这是一首流行于20世纪60年代初，用本地方言演唱的《耕牛是个宝》歌曲中的一段歌词。此歌隔三岔五能从广播喇叭里听到，就像如今的流行歌曲，同学们几乎人人会唱。唱着这首歌，使我们从小就知道了耕牛对农业生产的重要性。

松江是传统的稻作地区，凡犁地、耙田、整地、戽水等需要力气的农活都离不开耕牛。耕牛和土地一样，是农民的命根子，被看作是"半爿家产"。农民对耕牛胜如家人，呵护有加，人生了病有时会拖一拖、熬一熬，而牛得了病则必定马上去请"牛郎中"，不惜代价，非得治愈才放心。

解放前，松江饲养的六畜中，耕牛排在第一位。1946年，全县平均每四户养牛一头，饲养量达2.2万多头。家中是否有牛，是衡量农家经济地位的标志。当年姑娘找婆家，除了打听对方的人品、住房条件外，还要打听家中是不是有耕牛，有身价的姑娘是不愿下嫁无牛之家的。

耕牛有水牛、黄牛两种。松江水牛的主要品种是嘉定南翔水牛，体型大、力气大，但性情温驯，行动敏捷。每头水牛能承担40亩水田的役作，使役一天，可耕稻板田五六亩。水牛养到一岁半，农民就开始对其进行调教,一般两三天就能学会劳役,到了15岁还有耕作能力。

松江的黄牛大多是塘脚牛。耕作能力要比水牛稍差,每头一般能承担约25亩耕地的役作。清代中叶,塘脚牛由外来移民在开垦钦公塘(古代松江府海塘)沿海荒地时传入,后经长期选配,形成地方良种。塘脚牛性情温驯、灵活,容易调教,干活卖力,饲养方便,繁殖率高,吃料省。

饲养耕牛历来以圈养和放牧相结合,从立夏至秋分为放牧期,时值青草茂盛季节,放牛外出吃青草,劳役繁忙时加喂少量棉仁饼。牧牛者多为十来岁的男孩,称看牛囡。每天早上牵牛出棚,日落前牵牛进棚,牧归时背回一筐青草,晒干后做冬季饲料。从寒露到次年春分为圈养期,饲料主要为铡断的稻草混以棉籽壳、棉饼等精料。春分后,稻草中拌一些青草,俗称冲青。春耕大忙开始前,用糯米若干煮粥喂牛,为牛进补,让耕牛在劳作时更有气力。

旧时,松江的农户有合养耕牛的习俗。有些自耕农耕种一二十亩土地,独家饲养一头耕牛,耗资太多而使用不足。为充分利用资源,便有了两家农户合养一头牛的情况。双方平摊买耕牛资金,各盖牛棚。农闲时,两家轮流饲养一个月;农忙时,每家轮流使用两天。耕牛发生伤病,医疗费两家平摊。凡合养牛者,多是感情笃深、彼此信任的邻里。另外,还有借用耕牛的习俗,无牛之家向牛力富裕农家借用耕牛耕田、戽水,双方在春耕前达成协议,秋收后借用耕牛的农户支付役牛报酬,一般占总收成的二三成。

1949年起,政府对耕牛实行禁宰、禁贩、爱畜、鼓励繁殖等政策。病弱无力的耕牛,需经兽医检验出具证明,并报上级主管部门获准后方可宰杀,此项政策持续到20世纪80年代初。农业合作化时期,每逢冬季,供销、粮食部门会拨出棉籽饼等专用精料,以供喂养耕牛。60年代起,机耕、电灌发展,耕牛使役减少,仅为机耕的补充。每年一头耕牛饲草、劳力等花费400—500元,都由集体负担,对生产队来说是一笔不小的开支。80年代初，实行家庭联产承包制后，耕牛使役更少，老弱耕牛被淘汰，强壮耕牛大部分运销江苏、浙江等地。1956年，全县耕牛圈存量3.65万头，平均每两家农户饲养一头耕牛，每头负担耕田20亩，是松江养牛最兴盛的时期。此后，逐年减少，1985年仅存1958头，1997年耕牛在松江绝迹。

历代赞誉牛的忠诚、勤勉、吃苦耐劳、对人类的无私奉献等优良品质的诗文多如牛毛，无须我赘述。我属牛，今年是我的本命年，因此女儿在过年前为我买了三条大红色的内裤。我是搞民俗的，当然知道本命年系红腰带或穿红内裤可以辟邪禳灾，虽然只是民间传说，但女儿的一片孝心，我是不能不领的，不管是否真的会提高今年的安全系数，穿上了总有一种暖心的感觉。光阴似箭，不觉已过古稀之年，要做的事情却还很多。"老牛亦解韶光贵，不待扬鞭自奋蹄。"牛年伊始，就把做好老黄牛，甘为孺子牛，当作自勉吧。

陈福康

《予岂好辩》序

予生平平，然未敢自弃，读书研究，所撰专著而外亦多有文章，散载于各类报刊与专题集册。发表后复自珍敝帚，居常庋于一角，以欲效前贤而自纂别集焉。然予非名流，出书谈何容易，又禀性狷狭不喜求托，兼之以叔夜之怠，遂疏于董理焉。曩者亦尝先后集为民国文坛考论与鲁迅研究两种问世，乃皆应友朋之邀，而编集之劬劳，付梓之艰曲，实有他人难知者，是以意兴益阑珊矣。顾乃积文愈久愈夥，埋沈书山之中，即自欲查检亦无由之，又思及已出二集犹多有遗篇，则不免时时怅然耳。

迩来戏撰一联，短信发于当世书家李兄继凯，请彼一挥椽笔，拟悬诸座右，联曰："老犹思闻道焉能死，病更嗜观书岂谓穷。"盖予埋首故纸，勃窣理窟，洵亦平生至乐也，而故用不吉字，乃示彻底唯物，至福人方如是耳。抑更有说焉：所谓病也，非言疾患而言痴，予乃爱书癖（网名SP）也；所谓穷也，非专指阿堵物少，亦言书海之无尽也。岂料继凯兄赐墨未至而短信先来，告知彼方主事《上林学术文丛》，诚邀予任编委，并令编撷自选集以入此书丛。喜出望外，斯何幸耶！遂大暑中倒腾 寻未衰拙文。如前梓拙集《鲁研存沸》，即漏收20世纪80年代初发表之长文《鲁迅与古文字学》，后因见录于《学术月刊》创刊60周年纪念丛书，始恍然忆及，而今正可借以补遗也。然则今所纠集者，时跨卅载之久，故文末皆拟标写撰作与初刊之年焉。

昔予负笈所读之专业，乃所谓现代文学。然予素知文史哲不可分，古近今亦不可分，考证义理辞章更绝不可分，并坚执"非博览群书不得称问学，非擅业考据不得称学问"之信念。职是之故，竟横遭谈玄论空饰智欺愚者流之嫉诼与阴损，岂察见渊鱼者不祥欤？然予迄今百折不回。予秉性愚拙，只信事实与逻辑，于文史考辨有嗜痂之好，与人争论亦往往而有，为此更曾大吃苦头，岂智料隐匿者有殃欤？然予亦九死不悔，且以不乏同好击赏者为慰。若夫子舆氏不亦云乎："予岂好辩哉？予不得已也！"是正为予所道者也！王仲任尝引斯言而慨叹："今吾不得已也！虚妄显于真，实诚乱于伪，世人不悟，是非不定，紫朱杂厕，瓦玉集糅，以情言之，岂吾心所能忍哉！"王潜夫亦曰："论难横发，令道不通，后进疑惑，不知所从。……予岂好辩？将以明真。"故予亦久已欲用"予岂好辩"为集名。而当年既有所谓弦箭文字，乃今除却极个别处稍事修润外，概仍其旧，尤绝不饰改论点，以存其真焉。然当初撰文乃分别发表，而今撮于一处，则难免偶见重复，敬请读者谅诸。

予生平读书治学，于二郑（近人郑西谛、古人郑所南）尤为致力。不仅各著专书，且相关论文及讲稿亦多。初拟以研究二郑之文为首尾，间杂各类文史论篇，不分古近，都为一册。然始未料可编之拙文竟如是之夥颐，除去书评、札记、散文之类，学术性专论即字逾百万。不得已，只能择取近代文史考论者编为一集。又岂料即便论近之文，篇幅亦沈沈者，于是又仅选关于西谛、鲁迅研究之文，仍用书名《予岂好辩》，余者以俟他日再编焉。而有关古代文史者，则拟另成一集，别取名曰《予不得已》也。

兹二集并各收讲演记录稿数篇。夫记稿乃口语转文，字数滋多，本不当选；其所以收者，非唯彼时记录修订之苦辛，更窃以念及唏嘘往事。盖予近30年前申报教授之评，论文专著远超侪辈，且按国家专出政策不占名额，不意竟有宵小狙以"闻此人上课不行"而阻之。天地良心，但凡嘴会说话，又腹蕴诗书，更非高老夫子者，孰不会授课？予乃愤而自费出洋访学，职称遂搁置，一班车脱班班脱，损失无以言矣！故今特存30年间予在国图与上庠讲课录稿若干，以为雪耻也。若夫谗谤之夫己氏，于学原无可附，早已不理于人口，而今果安在哉？

一时璞玉宜无信，千载名山自有书。近又偶读明代诗人逸作若干，因剥一首，以做序尾。凡吞剥之诗，以换字愈少而换己意愈达者愈妙，非高手难以为也。末句藤非杖，以杖非予所需也；乃鞭也，以示予黄棘自策，并顺手楚挞彼夫己氏之意云尔。

> 问年七十老何曾，
> 感兴还因事事增。
> 做鬼虽然他有道，
> 逢人不说我将僧。
> 早知仙好贫难梦，
> 不是俗牵去未能。
> 自信书山堪寄傲，
> 仍今莫放手中藤。

俞福星

邂逅一位老华侨

在那佘山之巅，撞见这位老汉。我们并未交谈，仅仅对视几眼。看出他是华侨，虽然乡音依然。再次与他见面，是在黄浦江畔。尽管还是默然，但已有了好感。老汉目光如水，流露情意绵绵。三遇华侨老人，是在大学城边。于是我们长谈，颇感相见恨晚。心有千言万语，话涉沧桑百年。

老汉首先告我，何以流连忘返。家乡面貌巨变，国人梦想实现。游子海外扬眉，更加归心似箭。早年流落他乡，实为避祸躲难。乡愁折磨五内，常常夜不能眠。如今重踏故土，无限惊喜感叹。回乡到处去看，只觉啥都新鲜。山水有情有义，草木向我呼唤：回来吧，游子；回来吧，儿子！老脸布满泪花，乡愁变为乡恋。

老汉一再夸耀，家乡真不简单。佘山虽然不高，灵气不亚名山，文化底蕴深厚，历史辉煌千年；浦江不算太宽，影响胜过名川，孕育国际都市，滋润万众心田。上海之根美誉，松江名不虚传。展现发展奇迹，新城崛起擎天。锦上添花之举，大学校园成片。人才兴国战略，落实堪称典范。

上海世博盛会，精彩成功难忘。未来美好生活，展现世人面前。城市功能齐全，生活更加美满。谁无故乡情结，华侨情更难掩。观博顺带观光，故土留恋盘桓。盘桓更添乡恋，心情酸甜难辨。好在如今开放，来去自由方便。祖国就在身边，故乡怀揣心间。无论身处何方，永远不再孤单。乡愁销声匿迹，乡恋亘古不变。

冯韬

我的追梦之路

很小的时候，父母和老师就对我们说，人生有三大喜事：入队、入团、入党。于是，小小的我，心里就有了队旗、团旗、党旗三面旗帜，就把入队、入团、入党当作我的梦想来追求。

入队是容易的。小学二年级的第二学期，六一儿童节快到了，一天快放学的时候，班主任老师在我和几个同学的课桌上放了一张纸，要求我们带回家让家长填好，第二天交给老师。我看到表格上方写着"中国少年先锋队队员登记表"，心头一喜：我入队了！当时入队不像现在，到时候人人都可以戴上红领巾，那时，全班四十几个同学，第一批入队的才九个人啊，那可真有点荣誉感的。

入团就有难度了。我在松江一中读初二的时候，一个农村来的同学入团了。全班56位同学，就他一位。当时正是"文化大革命"前夕，一些极左的观念已经影响到我们日常生活的方方面面，凡事都要讲家庭出身，我这个工人家庭出身的当然没有贫下中农家庭出身的红。很快，"文化大革命"开始了，折腾了一年多后，我到当时的古松公社（今石湖荡镇）下乡当农民，接受贫下中农再教育。

渐渐地，中断几年的党团组织逐步恢复活动。我向团组织递交了一份又一份入团申请，可是迟迟没有回音。眼看着身边的农民青年以及一部分插队的知青一个个入了团，我就纳闷了，怎么回事啊？后来一个农民朋友告诉我，你本来就是知青，需要经过一定的锻炼，再加上你又不是红五类，当然要多一些考察的时间。1970年底，公社要参加古浦塘的开河，我就主动要求参加，当时我是大队土记者，负责为公社和县广播站写写稿子，每次写稿可少参加半天的劳动。我在11天的开河劳动中，坚持每天写稿、出黑板报，但绝不占用劳动时间，劳动时专挑累活苦活，一根直直的木扁担被我挑河泥弯成了一张弓，再也直不了。辛苦的付出终于得到群众的认可，1971年初，我终于跨进了团组织的大门，实现了追梦的第二步……

追梦的第三阶段更是几经周折。入团的第二天，我就向党支部书记递交了我的第一份入党申请。这年9月，我被抽调到上海师范学院参加师资培训。九个月后，回古松公社当初中语文老师。开始几年工作单位调动频繁，每到一所学校，我都忘不了向管理学校的大队党支部递交入党申请书，但入党的事杳无音讯，甚至连个找我谈话的人都没有。

1976年初，我终于作为入党积极分子参加了一次党员审批会，听那个新党员宣读自己的入党申请书，我不禁啼笑皆非：他的入党申请怎么和我的一模一样啊！后来才知道，那位新党员劳动好、文化低，要发展入党了，支部让他把我的入党申请书抄写了一遍。不过，这一年的夏末，我终于填写了我的入党志愿书，可是还没到支部会审批，遇上毛泽东逝世，接着是粉碎"四人帮"，党员的发展工作自然而然暂停了。

1977年春，我调到一所新的学校，接下来又是几次调动，一直到1979年秋才在一所学校稳定下来。学校恢复了党支部，但我的入党问题仍然没有解决。我曾到原学校所在的支部寻找当时的入党志愿书，但回答说，这些资料都找不到了。

但我始终没有忘记我的初心、我的梦想，我把每一天的工作都当作我追梦的努力。我在提升自身素质方面苦下功夫，1982年我获得了华东师范大学本科文凭，之后获得了松江县园丁奖，评上了中级教师。

1996年6月，学校党支部终于接纳我为预备党员（一年后如期转正），我终于站到了党旗下。这时，距离我递交第一份入党申请书已整整过去了25年……

三大喜事实现后，是船到码头车到站，松一口气，还是继续努力，朝梦想的新高度攀登？我冷静地思考了很久。入党确实是我的梦想，但应该是我人生路上新的起跑线、加油站、充电站，我应该在这个新的起跑线上，加满油，充足电，在党旗的指引下，去攀登梦想的新高度。

我继续在课堂上认认真真教书育人，课余时间就孜孜不倦地钻研教学理论，多年来，我写的几十篇语文教学论文先后发表、获奖。其中的《上海中考作文40题巡礼》一文，获2016年度全国中学语文教师科研成果最佳文献奖和国家级成果特等奖。我先后参与编写了33本语文教学方面的书籍，独立完成了5本语文类专著。2013年出版的《上海历年中考作文真题点拨与佳作赏析》一书，3年后上海交通大学出版社又让我修订出版了第二版。

2002年，我被评为中学高级教师；2004年，我被聘为松江区首届语文学科名师；2006年，我又被聘为松江区语文首席教师；2008年，我荣获首届上海市郊区农村优秀教师标兵，被评为上海市教育新闻人物；2009年又评为全国模范教师，到北京参加庆祝教师节大会，受到胡锦涛、温家宝、习近平等中央领导的亲切接见……

2011年，我按政策办理了退休手续，但依然没有忘记心头的党旗，没有忘记党员的职责，我把精力转移到公益事业上。从2013年起，我每年暑假为附近小区的新初三学生做公益讲座，讲座的内容涉及中考语文的考点和应试技巧等。每年的讲座，我坚持不向学生收一分钱，但绝不降低讲课的质量。我根据自己任教过30多届初三语文总结出的教学经验，深入浅出地为学生进行讲解，而且根据每年中考语文试卷上的细微变化，适当调整讲座的有关内容，让这些学生在初三开学前，就对中考语文的情况有所了解，便于他们以后阶段的发力。

作为松江区教育局关心下一代工作委员会五老讲师团成员，我2014年开始到基层学校做五好小公民读书征文的指导，先后到区的十几所学校去做过讲座。对我来说，这种讲座也是全新的挑战。为了提高讲座的质量，我每年都要根据新的征文要求编写相应的讲稿，并且精心制作PPT，针对不同的学校类型、不同的学生，把讲稿内容做不同的处理，确定不同的讲课重点，使不同的学生都能有所得。

应上海交通大学出版社之邀，2013年、2014年，我还到上海展览中心参加了上海书展中的"交大之星"名师面对面暑期公益讲座活动，为参加书展的学生和家长先后做了《之乎者也并不难——破解中考课外文言文难题》和《"妙笔"何以"生花"——关于中考作文的几个数字》等三次公益讲座。

退休以来，我获得过永丰街道优秀学习型个人、茸城之光——第二届"感动松江"道德模范称号、上海市中小学生五好小公民主题教育老同志指导奖和教育部关心下一代工作委员会的"阳光校园，我们是好伙伴"主题教育读书活动先进个人称号，还被评为上海市优秀志愿者……

有生之年，在党旗的指引下，不忘初心，履行职责，承担责任，我在追梦的路上不断努力……

吕六一

旅途情

仲春，朋友邀约参加上海退休俱乐部的绿皮火车延安、西安九日游。今年是中国共产党百年华诞，延安在党的历史上有着重要地位。细雨朦胧之中，各处遗址干净整洁，庄重神圣，让人深深感受到我们的党坚守初心、艰苦朴素、高瞻远瞩、奋斗不息的革命精神。西安今年举办第十四届全国体育运动会，古都富有神韵，还在处处植绿，更显生机勃勃。

旅途中的另一道风景，也在时时打动人心。上了火车，情谊荡漾，零食分发开始了，牛肉干、鱼柳、糟鸡爪、小核桃、肉橄榄、梅饼、粉糕、清凉糖……这还是第一波。晚上闲聊、参观歇脚时，回来的路上，源源不断。有自己最爱或拿手的杰作，也有精心挑选的天南海北的特产精品，说咸了会有甜的，说干了会有湿的，说想起了小时候的什么味道，说不定一会儿就会有人笑眯眯地递过来了。人同此心，心同此味，难得的是那份用心。我很少参加这么多同龄人的旅游，没想到竟是食品一条街随时陪伴。

都知道女士们喜欢穿红、着绿、裹丝巾拍照，这次算是见识了。有人箱包服装塞满，有人帽子、雨伞、墨镜、手袋搭配成套，有人会抬头举臂、提裙勾腿凸显美丽，有人一定让你蹲下身来拍出她的大长腿，有人互换饰品让每一张照片都有亮点，有人讨教，有人指点，煞是一门学问。一位陆姓女士竟然一上火车就捧出大把丝巾分发起来……想想也是，女士们好不容易忙到退休，还要照管第三代，得空旅游，精神抖擞，欣赏自己，展现美好，把祖国河山作为背景，表达满意愉悦，实在是值得赞美的情趣。情理之中，我随时听从调遣，按动快门，成全她们。

那天微信上传来几位女士和导游的合影。导游姓宦，科班出身，已经入行十多年。她知识广博，语调亲切，服务周到，第一次讲解就赢得满堂喝彩和掌声。一天延安突下大雪，高速公路已堵车五个小时，小宦冷静判断，精心设计，果断调整行程，还是让大家看到了陕北靖边丹霞地貌，赢得大家赞赏。看着照片，有人调侃："想带她去上海吗？"言下之意是这人不错，招了做媳妇吧。不过数天，导游和游客亲切到这个份上，实在是鲜活生动的褒扬啊！

一位丈夫，带着妻子寻访当年他参军驻地的痕迹。丈夫20世纪60年代在西安临潼空军地勤部队服役，他说当时贵妃浴池就是荒野之中一排石板。丈夫时而凝神远望，时而侃侃而谈，言语间充满了成就感。妻子情意绵绵，还是小鸟依人的模样。这里是他们幸福的出发之地。那天，妻子挽着丈夫走了很远，最晚回到车上。他们上车时，满车掌声。

第一天游览，公厕外忽然起了纠纷。一位丈夫要陪妻子上女厕所，服务员挡住不让进。丈夫急得要命，因为几十年来妻子在家劳顿，最近视力又急速退化，于是抢时间陪她歇歇走走，想不到这个点上卡了壳。妻子视力不佳，陌生环境有危险啊！我的妻子迎上去陪她进入厕所，以后她上厕所都有女士们陪着，直到旅游结束。大家为这位丈夫的情义感动，这位丈夫也反复表示感谢好人。

旅途中，人文风光为我们带来了那么多的欢声笑语，家人、亲友、同学、同事、新老朋友……普通人，身边事，定定看，浓浓情。

香雪们的向往

记得20世纪80年代初铁凝的小说《哦，香雪》讲的故事：14岁山村姑娘香雪在铁路修到家乡时，去火车站卖鸡蛋。为了心中向往的一个塑料的、合上时能嗒的一声自动关闭的铅笔盒，上了火车，主动送掉40个鸡蛋。又因为误了下车，走了30里夜路，但一路心花怒放。

火车到山村是现代文明的推进，香雪的向往是对现代文明的渴望。

香雪是山村唯一上了初中的女孩，她曾经向车上的旅客打听，北京的学校招收山里的学生吗？读书改变生活，可能是香雪的直觉，更是民族文化的积淀转化为民族的本能。这样的渴望出现时欲说还休的心潮涌动，这样的愿景实现时澎湃激荡的心头喜悦，我也曾反复体验。那时候，自学考试开始了，无疑，这是我的"铅笔盒子"。断断续续七年，我先后拿到了大专和本科文凭。业余啃书的"30里夜路"，也让我一路走来增加自信。

香雪还有一群伙伴，她们上不了初中，她们追梦火车上的一切：从发型、发卡到衣服、鞋子，从一笑一颦到一举手一投足……甚至还有想象中恋人的身高、形象、职业。鸡蛋和山货为她们换来方便，带来文明，盈溢欢喜，增添得意。能说这样的物质追求是低俗、不屑、可以忽略的吗？数十年来，相信大家都有这样的体会：的确良衬衫、克罗丁外套，自行车、冰箱、电话、空调……曾经都是生活的目标。第一台熊猫牌音箱、第一次穿上狼牌运动鞋、第一回挂到腰上的摩托罗拉BB机、第一台放到桌上亮了屏幕的586电脑、装修到位搬了新家录像完毕的那一刻……都曾给我们的生活瞬间增添喜悦。我还曾有两个向往，早早生成，久久埋在心底，以为不可能，却都实现了。眼看着大街上的汽车多起来，耳闻日渐汹涌的出国潮，醒着梦中都曾想过我的可能。那是2002年，女儿复旦大学生命科学院毕业，拿到美国的全额奖学金，去美国留学读博士，于是我们夫妻三次累计半年在美国体验生活。女儿毕业，欣然回国，去了中国农科院，投身祖国农业科学研究。为了生活自如，我也"老夫聊发少年狂"，退休后学会了汽车。

想到这里，油然觉得生活中真还没有什么目标要去追求了，我已进入"从心所欲而不逾矩"的境界。社会呢？你看，改革开放以来，松江这块土地上，工业开发区、大学城、佘山风景区、泰晤士小镇、G60科创走廊……一笔笔浓墨重彩，一处处目不暇接。地铁高峰时刻的人潮，大街上绿灯亮起时的车流，人们步履匆匆，都在为时代伟业增光添彩。曾经遇上一位中国政法大学在读博士，我问他主要的课业是什么。他说是第二外语和专业内的近20位教师的课。这样打开国际视野和博采众长的培养目标让人欣慰。祖国在召唤他们，年轻人正扛起他们的责任。青山满目，阳光正好。

我常常去我们小区外的一家小饭店，那里的猪肝青椒盖浇饭，青椒翠脆，猪肝硬香。那天店主告诉我，为了孩子读书，他们要回安徽老家了。县城小学质量不差，他们已经买房。我由衷地高兴并祝福他们。我又一次看到了香雪的向往。我问他们要了电话，说不定哪天就会去看看他们。

是的，生活常常让我想起香雪，心头常常浮起香雪夜路上的满足和惬意。

铁凝这篇小说得过很多奖，曾被翻译成多国文字，被多个版本的大学语文教材收录。小说镌刻着时代的烙印，闪耀着人性的光芒。小说开头就说："如果不是有人发明了火车，如果不是有人把铁轨铺进深山，你怎么也不会发现台儿沟这个小村。它和它的十几户乡亲，一心一意掩藏在大山那深深的皱褶里，从春到夏，从秋到冬，默默地接受着大山任意给予的温存和粗暴。"

"然而，两根纤细、闪亮的铁轨延伸过来了……"火车在台儿沟这个小站停留一分钟，这短暂的一分钟让一群山里的女孩看到了大山外的世界……

合上《哦，香雪》，回忆一路过来的心潮涌动，见证这番可说是从一无所有到应有尽有的历史巨变，我庆幸逢上了好时代，我感谢这个阳光明媚、万物葱茏的时代。

棒子

鱼去了哪里

离开千户苗寨,我们驱车赶往梵净山。天气就在一路上起了变化,气温降低,据说傍晚有雨。

到得梵净山下驶出高速公路,就在出口看到民宿主人小吴。敦厚结实,普通得不能再普通的五官,他站在摩托车旁,手上举着民宿的样本。

三天前在小七孔景区,也是高速公路出口,民宿主人小何也是以这样的方式迎接我们。那天的晚饭宾主俱欢,我们对食宿安排比较满意,他一家三口对住客表示欢迎。然而第二天日程的进展耗尽了热情,临别前的那顿午饭食之无味,宾主双方面无表情,与其说是克制着对对方的厌倦,还不如说是对庸常生活的克制。

看了一下小吴手上的样本,房间干净,菜价合理,他把手朝路那边一指:"就在那边不远。"就他家了。环境明显没有小七孔好,三天前那个下午阳光明媚,小七孔镇依山傍水,山脚下的楼房看上去玲珑剔透,而眼下四野暮色,疲惫的旅人感到压抑。

小吴家的三层楼就在路旁。大门朝南,门前一个空场,再往南一条河沟。虽然是初冬,四野的植被却仍然葱茏,与我们的家乡大类。大门进去是饭厅,简单摆一些桌椅。后厨转出一个中年男人,比小吴瘦些,面目与他相似，谨慎而无表情。这便是小吴的父亲，父子二人内外分工。

先到二楼看房间，标准的双人房，干净，不如城里的酒店，但看得出是向酒店的方向努力，壁灯、空调俱全，比较规范。走廊门窗不严，能感到风的流动，透进山野的荒凉。安排好住宿来到底层饭厅，与老吴商议晚餐。看着墙上的菜单，点了红烧肉，50元。有鱼吗？有的，河里捕的野生鱼，养在池子里。就到后院看鱼，在厨房的后边，一个膝盖高的水泥池子里，几条肥鱼上下游蹿。点了一条中等大的，拎起来称，2斤出头，70元。看着老吴把鱼打晕，刮鳞。

这时夕阳探头，后院一片明黄。我们四处走动，放眼看处云雾缭绕，梵净山藏在雾里不露真容，小镇非常安静，不是旅游旺季，游客寥寥无几。

回到饭厅，跟理厨的老吴聊天。他们本是山民，山里辟为旅游区，山民迁居此地，政府号召开发旅游业，贷款修建民宿借以脱贫。老吴这三层楼房贷了80万，将近两年收入28万。老吴说起这些，脸上的表情时有起伏，真正压在他心头的恐怕还是那80万贷款。

趁吃饭之前，我往楼上搬了两把椅子，以备夜里打牌。二楼走廊边有一个大房间，出于好奇我向里张望，是一间大会议室，有讲台，有大屏幕、音响，有长条椅子。角落里有一张大床、一张小床，有来不及叠的被子。这完全是城里酒店的标配，可惜零星散客很少租借会场，便成为主人的宿舍。

晚饭宾主同桌，这似乎也是民宿的惯例，在小七孔何家也是如此，你不会去分辨哪个菜是我们的，哪个菜是主人的，餐桌上的氛围更加重要。红烧肉只有十几块，味道一般。鱼火锅冒着腾腾热气，捞一筷子是菜，捞一筷子还是菜，照深的颜色再捞一下，送进嘴里一嚼是番茄。我想鱼可能煮碎了吧，脑子里浮出老吴收拾鱼的样子……恍惚间三碗米饭下肚。

打牌的时候出了点状况，是电还是水出了问题，老吴父子闻讯立即赶上楼来解决，忙乱中我们还弄坏了电线插头。在山野民宿打牌，和在城里酒店打牌是不一样的，一时心在牌上，一时心在山上，你可以听到风掠过山冈，浓雾化为冷雨滴打在枝叶上。

第二天吃过早饭结账，本想就鱼的事情交涉一下，话到嘴边变成"早饭过于简单"，老吴给打了个小折。道别后我们开车赶往梵净山，看到小吴开着摩托车去高速公路揽客。

第三天我们在凤凰古城街上散步，老欧突然问我，那天晚上你吃到鱼了吗？没有，我果断地摇头，连鱼骨头都没看到。他吭了一下，说你蛮好，你不容易。我知道，他是说我变温和了，其实我差一点发作。我把所有的可能都想到了，最后没有发作。是什么因素起了作用，我也不知道，或许是"天高皇帝远"，或许是"月黑风高夜"。我想把这段经历贴到朋友圈，不知为什么也没有做。

一个月以后天很冷了，我看到小七孔的民宿主人小何在朋友圈贴图，说下雪啦，还要在高速公路口等客人。我没有小吴的微信，相信他也是同样辛苦。

让你们晓得我

炳生手上"有活儿",找一句对应的上海话,便是"生活好"。

"有活儿"是能力。能力来源于先天的资质和后天的历练。奇怪的是,很多"生活好"的人,都是在逆境中发轫。林斤澜先生在他的短篇《矮凳桥系列》里写了一个年轻人,在人们眼中行为怪异,而他出格怪异的行为只有一个目的,"让你们晓得晓得我"。

"让你们晓得我",这恐怕也是所有写作人的初心。

为文为艺,小道也。炳生自小随父亲听戏,成年后进曲艺团说书,注定与大道无缘。学艺阶段,他试着创作新节目向老师们做汇报演出,引来褒贬一片;后来"文化大革命",贬到基层营业点售货,索性写诗歌、小说,招致他人忌妒,大概也都同这个"让你们晓得我"有关。

晓得你什么呢?

我不是坏分子。我不是坏人。我有本事。

小说、诗歌,就像石缝里的野草,绕开阻挡觅缝探头上了报纸,编辑先晓得他了。捎带说一句,他用过"野兰"的笔名,更因自己出身差,署过妻子的名字。

继而是报告文学、小说,上报纸,上省级刊物。影视兴起,又写剧本。

时代向好，晓得他的人多了，他的笔也越写越野，随兴起意，不拘体裁，不论篇幅，兴至而收。诗歌、小说、报告文学、剧本、说唱……

这是个民间写作者，他收获颇丰。

现在，摆在我面前的，是他的小说、报告文学集手稿。

说老实话，报告文学强，小说略弱。

这里要说说脚踪。

每个写作者，不管他写了多久，写了多少，总有脚踪可寻。

炳生的脚踪，要寻到他写作当初，一个说书艺人，不满足天天说唱帝王将相、才子佳人，于是将当代电影《兵临城下》改编成书，说唱出来，反响颇大。那么也就是说，这个年轻的说书人，是将"时代"二字印在心上了。紧贴时代，正是报告文学的路子。看他的报告文学，屡屡掐中时代"腰眼"，他又有说书的底子，擅长铺展情节，雕镂细节，立起人物，因此耐看。

就是说，报告文学只为大道。

而小说呢，忌的就是大道。小说是喜欢小道的，小说若是从问题入手，等于上了报告文学的船，坐是可以坐的，只不过舱位不大，碍手碍脚，难以施展。

话说回来，于社会问题入手的好小说也有，比如赵树理，好得没法儿说，但那是另一回事了。

即便这样，这本集子也称得上琳琅满目，可以看出作者视野之宽阔、用心之专注、用情之深切。不论小说还是报告文学，可以说有故事，有人物，也有好的文字。

他是希望时代向好、生活向好、百姓向好。

我也有不满足。

炳生的文字，给我留下最佳印象的，还是他那些精短的散文。希望他多写精短美文，希望他的下一本书，是散文集。

炳生，大家晓得你了。

邢砚斐

佘山漫记

佘山,又名兰笋山,位于松江城西北25里。佘山全境分东西两峰,俗称东西佘山。

一

1962年,我九岁。那年班级春游,从松江秀野桥码头上船,沿着沈泾塘、辰山塘行进,一直到达西佘山南麓。这是我第一次接触佘山,也是我与佘山结缘之始。

提到佘山,人们常常会带着游览者的心态,目光所及,无非山体钟秀,风光旖旎,环境清幽雅致。他们徘徊在"之"字形的经折山路,欣赏满目的绿树修篁;或是围绕着红墙绿瓦尖顶的圣母大殿,寻觅心中的丝丝灵感;又或是进入银白色穹庐形的佘山天文台,探索无穷的茫然星空。松江境内的九峰,素有"九朵芙蓉堕淼茫"之誉,景色秀丽的佘山则为九峰之首。其实,作为九峰之首,不仅是因为其自然风景的优美,重要的是其人文资源的丰富。放眼佘山,到处都蕴藏着浓浓的文化、悠悠的历史,把她视作上海之根,一点也不为过。

七年以后，命运再次把我与佘山联系在一起。我在佘山东北不远处落户，每天朝起暮归，山影如随。我已不再像当年那样幼稚，所以会时常凝视着深秀浓郁的东西双峰，寻思着她的故事。

松江境内的九峰，是浙江天目山的余脉，佘山也不例外。可是佘山的得名，却众说纷纭。多年以后，拜读盛济民先生的《佘山得名与徐夷迁松》云："徐国灭亡，徐人奔散。南迁徐夷中的一支定居于松江的佘山、广富林一带。""徐、佘两姓，一脉同宗，'佘'即'徐'。"我深以为然，并为此冥想联翩。

公元前966年，周穆王命楚伐徐。徐偃王心怀仁慈，弃国北走，继而南迁，徐国数万百姓随迁。在经海路南下的徐国船队中，有一支小队伍并没有到达浙江宁波。也许是有人病了体力不支，又或许是舟楫有损，经不起海浪，这些徐国族人在王室某成员的带领下，悄然在中途西拐，由川沙附近驶进内陆，一路寻寻觅觅，到达九峰地区。

范成大曾称"松江为水国之胜，当天下第一"。当年徐国族人一见此处湖泽相连，河网交错，与江淮老家无异，于是选择群峰中较大的，傍山而居，并将山命名为佘山。诚如盛济民先生所言，这"正是表现了这支徐夷不忘祖俗、追祭祖山的情怀"。

二

1969年，我下乡后不久，被派去东佘山当了"整山"临时工。"整山"顾名思义，就是整理山坡，十几个人间隔约2米，排成一行，手握镩子，从北侧山脚开始一步一步往上松土，清理枯枝败叶。就这样，我与东佘山朝夕相处了近一个月。那时的东佘山，了无游客，满目蓁莽，荒芜冷落。

其实，东佘山的开发远比西佘山早。北宋太平兴国三年（978），被称作聪道人的仰德，结庐佘山之东峰，创建普照寺。北宋治平二年（1065），赐额"普照教院"。而秀道者，也是初居东佘南麓华严庵（今佛香泉处），在禅定中，见观音乘巨鳌踏浪而来，遂将华严庵改名为潮音庵。在东佘山骑龙堰，还有南宋绍兴二年（1132）马禅师法宁所建的昭庆禅寺（又名灵峰庵、慈云昭庆禅院），寺内有金沙地、芥子庵等景。可惜的是，这些建筑大多毁于元末兵燹。

400多年前的明万历年间，有一位松江人，一步一步踏上了东佘山，他并不是雇来临时"整山"的，而是看中了这里，他要在这里长住、定居。这个儒雅清癯、三十来岁的松江人就是陈继儒。

陈继儒（字仲醇，号眉公、麋公）用5000卷书籍，换得章宪文（字公觐，华亭人，万历丙戌进士）建在东佘山的白石山房。他就此来营建自己的"东佘山居"，先后建成神清之室、含誉堂、顽仙庐、笤帚庵、鹦鹉冢、雪梅井与白石山房等。《松江府志》称："东山尤多奇石。陈眉公顽仙庐在焉。其上为高斋，旁种梅花数百株。又折而北为清微亭。亭之下麓为水边林下笤帚庵，水石俱胜可憩也。"

陈继儒是个比较特别的人物，他29岁时，焚儒衣冠，绝意科举仕进，屡次拒绝朝廷的征诏，但又喜欢与各式各样的人物结交。他隐居东佘山，接待的往往是三吴名士、高官豪绅，如王世贞、董其昌、钱龙锡、袁可立、袁枢等。吴伟业《佘山》诗曰："溪堂剪烛话征君，通隐升平半席分。茶笋香来朝命酒，竹梧阴满夜论文。知交倒履倾黄阁，妻子诛茅住白云。处士盛名收不尽，至今山属佘将军。"因此，时人称陈继儒为"山中宰相"。这个山，就是佘山。他栖隐东佘山达50余年之久，对于佘山景点的开发、文物的保护、古迹的修葺，都做出了重大的贡献。

在陈继儒建造神清之室后，另一位松江人施绍莘（字子野，号峰泖浪仙）在佘山西峰也建了一座半间精舍。东西辉映，盛极一时。据旧志记载，其时山上有白云晴麓、香溪石径、罨黛旧园、洗心灵泉、标霞峻阁、昭庆幽居、道人遗踪、宣妙竹林、慧日双衣、徵君旧隐等十景。

三

西佘山北麓，松青公路与佘北公路交界处的三角地带，有一座不知建于何时，大门向东的小庙，当地的老乡称其为红庙。我在农村八年期间，那两扇庙门始终是闭着的。当我得知庙内供奉的是佘将军时，小庙已经拆除了，仅剩遗憾。

对西佘山的遗憾，不仅于此。

旧志记载，慧日禅寺原名佘山中庵，又称古沐堂。董其昌赞其"为九峰庄严名刹"，坐落在西佘山半山腰。北宋太平兴国三年（978）僧人洪庆建，明万历元年（1573）僧人圆实重建。寺东有洗心泉，大殿北隅有石壁数仞，上刻陆树声所书"云霞风壑"四字。慧日禅寺佛像落成时，徐阶入山中，奉明世宗所赐蟒衣一袭付僧圆实，留镇山门，并赋一绝云："单衣露冷宿昙华，误绾宫袍傍帝车。拈向山门君莫笑，细看还是旧袈裟。"明万历二十五年（1597），陆树声89岁，亦以衲衣一袭付慧日禅寺，手书偈云："解组归来万虑捐，尽将身世付安禅。披来戒衲浑无事，不向歌姬为乞缘。"

今佘山天主教中堂即是慧日禅寺原址。

西佘山宣妙寺建于北宋治平二年（1065）。明正统六年（1441）僧人坚（俗姓潘，名智，号虚白，浙江余姚人）率徒宗升重建"大雄宝殿，朱檐石柱，坚致敞丽。内塑十八罗汉、二十诸天、观音于壁，若天降地出，革故鼎新，焕人瞻视"。民国时期，宣妙寺山门仅存石级，僧舍栖霞山房则完好。寺前有一扑裂的青石，据传此石即是康熙兰笋山碑。

此外，在佘山西麓有玉宸道院，邑人卫宗武建于元至元二十年（1283）。还有施相公镇海侯祠，"祷水旱疾病者甚验，香火甲于一郡"。而西佘山巅，那座始建于清同治十三年（1874）红墙绿瓦尖顶的佘山圣母大殿，则是原弥陀殿旧址。

元代凌岩（字山英，号石泉），曾有诗曰："三峰高远翠光浓，右列仙宫左梵宫。月落轩空人不见，野花山鸟自春风。"诗人所描述的，至今唯有秀道者塔依然矗立着。

王平华

L县长吃咖啡

改革开放以后，咖啡作为西方生活方式的一种饮品，让中国人热衷起来，也逐步开始普遍饮用，有替代中国茶文化的倾向。20世纪80年代初，作为西方最普通的雀巢速溶咖啡也涌进了中国市场，并大肆地用立体、平面等媒体做广告，雀巢咖啡"味道好极了"铺天盖地袭来，也是中国人家喻户晓的广告词。

本人作为80年代初就辞职下海的一员，被推选为了第一届松江县个体协会主任，故也有幸能和县里的领导经常接触。

有一天，我接到县里通知，说明天县里的L县长带领澳大利亚一税务考察团来考察我县的个体户税务情况，选择了到我公司。作为东道主的我，想用当时最时尚的饮品雀巢咖啡来招待洋客人。隔天我特地去商店购买了一瓶大号装雀巢咖啡和伴侣以及上等的咖啡杯，以便第二天体面地招待客人。

第二天下午，L县长陪同澳大利亚政府的税务考察团三人来我公司，同时上海市财政局领导陪同前来。

客人在我办公室落座后，我公司员工端上了事前准备的雀巢咖啡。当咖啡端到L县长面前时，我发现他紧锁眉头，并对我讲："帮我换杯茶就可以了。"我公司员工即沏了杯茶端上来。我在想：L县长怎么一点也不时尚？连这么好的雀巢咖啡也不吃。

等客人走后，L县长留下来要给我布置些工作，也和我谈起了吃雀巢咖啡一事。

L县长是高级知识分子、中年技术工程师，是外县厂里调入我县的新领导干部，外表儒雅，为人耿直，是一个经常深入基层做调研的新型知识分子干部。

L县长端起刚加了热水的茶杯讲："我现在看到雀巢咖啡就怕了。""为何？"我不解地问。

原来前几天，L县长带领J乡领导外出考察，一行四人，到了目的地后，接待方还未到。在等候接待方的空闲时间，乡领导提出，去买瓶雀巢咖啡来开开洋荤。咖啡买来后，一瓶咖啡四人分，乡领导还殷勤地关照L县长多点，可能L县长的杯里是一瓶雀巢咖啡的三分之一还多一点。

等到接待方赶到，L县长一行的咖啡都已经下肚了。咖啡一下肚，胃里莫名其妙地难受。大家中饭都没吃，晚饭也没吃，兴奋得一夜没睡着，L县长到天亮还睁着眼睛看天花板。L县长讲："这下，我也彻底领教了雀巢咖啡'味道好极了'的滋味了。"

我们听罢L县长吃雀巢咖啡的经历，笑得人仰马翻。这下我才恍然大悟，L县长为啥看到雀巢咖啡紧锁眉头的原因了。

云廊,如此璀璨

"峻拔起高楼,黄昏不逊色。霓裳倍增辉,九天擎云廊。"这是我晚间散步时,踱入G60科创云廊的一番感慨。

G60科创云廊,已经展现在沪昆高速公路的上海段顶端。多少回,每当我夜晚驱车经过此地时,眼前倏忽亮起一片璀璨的晚霞,它飘在一幢幢高层建筑之上。你行驶在如梦幻般的途中,仿佛再往前走就要进入天上宫阙。回望一眼,它又如一艘云中巨舰,停泊在连通贯穿长三角的G60高速公路的起点上。

在莘砖公路以南、G60高速公路以西,有两个三角形状、总面积500多亩的工地。临港集团准备在这里搞开发建设,这就是G60科创云廊的雏形。

世界著名建筑大师拉斐尔·维诺里先生,是乌拉圭裔美籍人,在现代世界建筑领域享有顶级设计大师的皇冠,临港集团聘请他来到上海。这位70多岁、满头白发的大师,胸前挂着六七副眼镜,突发灵感,设计出了一条世界上最长的空中连体走廊,即把23幢建筑连为一体,长度1500米,总建筑面积100万平方米,用16万平方米的铝合金顶棚覆盖在23幢建筑顶端,气势宏伟,颇似波澜涌动的云顶。

顶棚设计是一大难题，用什么材料来搭建，能在80米以上的空中阻抗12级以上的大风，能适应上海的天气温差变化而不变形？拉斐尔·维诺里先生也没有这样的经历，世界上也没有可参考的资料。南京牛首山的一小块户外网壳建筑，让决策者们眼前一亮，于是他们找到了这一项目的操刀者上海华东建筑设计院来承接G60科创云廊顶棚的设计任务。虽然设计院人才济济，但他们还是感到了前所未有的压力。

如何解决云廊整体的抗震、抗风，既要有安全性，又要有功能性，且兼顾经济性呢？

上海华东建筑设计院找了国内的许多专家、院士，施工方也做了许多的论证，大家一致决定采用单层网壳铝合金结构，长度1500米，最大跨度118米，高度100米。

第一次承建如此规模云廊的上海通正铝合金结构工程技术有限公司，既兴奋又期待。

一期G60科创云廊建设于2015年9月开工，上海建工七建集团承建了综合体。2018年7月，一期G60科创云廊顶棚建设紧锣密鼓地开始施工。上万次的理论演算、实体样板尝试，再到最后云廊整体呈现，经过了一个漫长而艰辛的跋涉过程，最后乘风破浪，云开日出。

早晨6点，当大多数人还在美梦中熟睡时，铝结构的建设者们已经背上"作战"工具走上了这片艰辛的战场，坐上电梯到70米高，然后再徒步登上100米的高空作业面，面对冰冷的钢铝结构材料进行组装、焊接、矫正等一系列工作。施工期间，100米高空经常是5级以上的刺骨寒风，但是建设者们不畏严寒，迎难克艰。目标只有一个，那就是将云廊早日呈现在大众眼前。

一份施工日志记录：一期G60科创云廊施工期间战胜了20多次台风，勇闯2019年百年不遇的63天冻雨天气，在60摄氏度左右实施壳体部件安装。在恶劣环境下，建设者们攀到100米的高空进行大量的焊接作业，其精细程度好比空中绣花。云廊，像一座桥，将两个地块托起连接，将所有企业的科技力量聚集起来，将创新萌动的思绪和伟大梦想连接了起来。

奇迹在奋斗中实现，鼓舞人心。G60科创云廊——目前世界范围内独一无二的建筑，令魔都上海更为瞩目。特斯拉、国威、筱爷叔、醉辉煌等许多国内外著名品牌已经开门迎客。

"嗲！嗲！实在嗲！"观赏过云廊的人们，无不惊奇地赞叹，无不美妙地遐想。

刘敏

古镇幸会

天下古镇还是得看四川。

过西安走汉中到南充地区的蓬安，流浪到周子古镇。

这个古镇就在城市里的下塘街上，离市中心不过几百米。此镇形成于唐宋，有千年以上的历史，镇内现存的那些老房子少说也在几百年以上。

川中古镇的老房子和别处不同，一般都建得比较低矮，木质结构，红漆老瓦。如果喜欢古镇的旅人，走到此地，很容易产生夕阳古道的感觉。站在画江楼下，面对嘉陵江水，深感岁月绵长，千载悠悠。

街两边照例是一些小铺，没有时尚的商业。有一家门外墙上贴着许多大纸，像那些年的大字报，上有横幅："陈丰氏轩辕宫。"

凑近了看，上面写的是一些关于读书、关于立世、关于尽孝的劝诫词。

登上台阶，见屋内有一位老者，老者旁边有一柜子，柜子里面摆着线装大书。粗略看去，有二三十册，书脊上写着"家谱"。刚好给家里写过一本家族往事，很想看看别人的家谱是什么格局，便问老先生："可以看吗？"

老先生不语。

不语就是不反对吧！自说自话地伸手去拉那柜门，没拉开。老先生只看我,并不动手。这有点尴尬,刚要退出,老先生问我是做什么工作的。这个话让我脑子里一转,想自己这些年来混迹江湖,职业多种多样,说干什么的自己都说不清,便顺口答道:"教师。"

老先生又问:"教什么的?"

我能教什么呢?什么也教不了,只好继续蒙人:"教语文。"

老先生又问:"教什么语文?"

我随口回答:"师范语文。"

老先生又看了看我,似乎对我这形象不怎么放心。

老先生起身,拿出两册用红线扎着的书来放在我面前。上头有字,我读了出来:"寻亲诗胄。"老先生手指在"胄"字上,又让我读了一遍。可能这个字曾经难倒过别人,我识字不多,恰好认识这个字。看我能读出来,老先生似乎相信我是教师出身,这才翻开书,让我细看。这是陈氏家谱,老先生以一己之力撰写的。他详细向我解说了陈氏家族的来历,还拿出一个"陈"字的书法问我像什么。我说像一辆古代战车。老先生顿时大悦,告诉我说,"陈"字有14种写法,这是其中之一。老先生还告诉我,这二三十册家谱都是他写的,里边的插图都是他找人画的。我细看书内文字,语言类似骈文,说古道今,洋洋大观。"陈氏随孙姓,天下出孙文。"所有的文字都是这种排列。先不说文采如何,就是对历史的精通,也令人赞叹。我不免对老先生的身世感到好奇。请他坐下,聊天中得知,老先生读到初中,然后上了军校,是军校学员。1950年3月参军,1951年6月入朝,属第三兵团,兵团司令是陈赓、王近山,参加过朝鲜战争五次战役,今年已经九十高龄。从朝鲜回国后,一直居住在四川老家。

老先生很健谈,对历史有自己的看法。对陈姓家族的名人,说起来如数家珍,似乎他们都是他的孩子。看他写就的那二三十本大书,我深感这老先生一生不寂寞。虽然身居陋室,但他一直被一束光芒照耀着。那束光来自远古,来自轩辕,来自陈姓家族祖先。沿着这条脉络,他一路走来,一路收藏。这是他的精神王国,也是他的财富领域。

我起身向他拱手致敬。

临别时,他送我到门口,我怕他有闪失,让他不要下来。他站在门口大声说:"一路保重。"

这一声传遍老街。

我双手合十告别。人生有缘在此叙谈,这是幸会。

自此别过,各自珍重。

黄忠杰

《寻觅松江》扩充篇

有理由相信，我比很多人更懂得《寻觅松江》的价值。

首先，《寻觅松江》不是一般的散文集，笼统地把散文的头衔给它戴上是远远不够的。是它让松江无数读书人重新认识了松江文明的漫长和深厚，又是它，通过对松江七大文化古遗址的实地考察，让广大读者第一次获得了对松江文明的对比性坐标。可以毫不夸张地说，从青少年到中老年，能对松江文明形成的全面、整体认识，《寻觅松江》是一本绕不开的著作。

其次，《寻觅松江》以空前容量把广大读者带入了文化的世界。它曾再版两次，得益于其中的文学魅力。我在写作这部著作时早已明白，太多的花样反而会阻碍多数非文学专业的读者进入，于是采取了一种含而不露、恰到好处的文化大散文方式。《寻觅松江》所体现的散文境界，在我看来属于比较大气、纯净的一种。

再次，《寻觅松江》在松江范围内整合了历史学、文化学、文学，将其放到松江的文化传承和文化复兴上来考量很有意义。

《寻觅松江》以文化大散文的语境，给读者带来思想力量以及感染力。《寻觅松江》中的文化到底指的是什么呢？在我看来，它将有形的文史通过不同的方式交融入住人的灵魂，滋养丰富人的心灵。这些作品，不仅仅是指那些具体的历史文化知识，更重要的是一种精神存在，是一种"文以化成"的朴素、温暖、敦厚的生命情怀，更是人生感悟。松江文化是充满松江人活力的生命基因，暗地里决定着地域文化生命的程序、生长和发展。松江文化的力量就是一种松江人的精神力量。纵观松江历史，总有一道光芒如影随形，这道光芒就是松江5000年文化的光芒。它浸润和洗礼着松江人的内心，给灵魂以慰藉，从而使人获得快乐与自由。

《寻觅松江》以一些重大历史年代、文化人物、传世作品等为开掘对象，我用14年的苦苦寻觅，发掘这片土地下的一颗颗钻石。松江历史文化已经被岁月风干成一大堆干燥的脱水食品，《寻觅松江》做的就是注入新鲜的活水，让松江历史随之温润而舒展开来，慢慢绽放芬芳。

《寻觅松江》所标举的艺术精神，是松江人的审美体验和精神境界。文脉是《寻觅松江》的灵魂。用文化映照史料，以精神穿越写作，是《寻觅松江》的显著特点。《寻觅松江》以一种宏阔博大的文化视阈和胸襟，展现了远古松江历史人物、文化学者、智士仁人的内在精神风骨、思想质地和生命气象。我在写作《寻觅松江》这部近70万字的著作时，倾情于人文和生命意义。我用文化审美的烛照，观照松江5000年的历史，感悟九峰三泖的隐逸文化，追问历朝历代松江文人的灵魂。我在写作过程中，将厚重的松江文化积累、地域传统文化的积淀、深厚的历史底蕴、远古文化人的艺术才情，当作至关重要的视角。我把学养、情怀、激情、想象力等融入这部著作中。有些看来比较虚的东西，恰与松江历史文化紧密相连，这对于松江文明和历史精魂往往是至关重要的。

我在写作《寻觅松江》这部著作时，总在想能否找到并叩开隐秘在松江历史与精神文化中的那扇"窄门"。因为在我看来，《寻觅松江》是真正带有个体生命情感的辉映，是松江历史文化的涛声拍打心岸的回响，切莫对史料的开掘缺乏新的精神价值，缺乏生命体验与独到的发现和见解。我以深厚的传统文化修养与开阔的胸襟为基础，用想象和激情使读者们走进了松江历史文化的博大精深。我从不把笔墨集中到对历史背景和具体文化史实的客观呈现上，停留在一般的感慨追忆、寻古访幽上，停留在一般传统散文托物言志、借景抒情等单一层面的表达上，而是以宽阔的视野和更远大的眼光审美化、艺术化地容纳松江历史文化的深刻性和复杂性，在感应契合中交织碰撞出独到的富于生命体验的思想光芒，走向清晰、透彻和辽阔。我还将自身的学识以及情感投入作品，实现主观情志与客观物象的形神相融，神与物的深度融合，在灵魂的对接触摸、精神的契合呼应中，沛然而出人文情怀与现实关怀。

这就是我写《寻觅松江》扩充篇的想法。

徐天安

我家的菜园

人生如梦,世事如棋。没想到以前我的家在深山,如今的家却在闹市;以前我家的菜园在山上,如今的菜园却在楼上;以前的菜种在地里,如今的菜竟种在花盆和抽屉里。

新家的房子在二楼,住房面积虽只有90多平方米,但后院有将近50平方米的空闲场地,居住在上海这样的大城市,对于一个普通人家来说,能有这么大的后院实在难得,更难得的是紧挨着后院的东面还有一块面积相当于半个篮球场大的空闲楼面。这里虽不是我们家的所属地,但除了我们靠近这楼面的两户人家能进去之外,别人是轻易来不了的,因此这里自然也成了我们的活动场所。

有了这么大的场地,家人除了空闲时间去那里散步之外,还想在靠房子的场地边种些蔬菜。于是儿子找来一些旧木板钉成了几个花坛,我和妻子在楼下捡来一些别人丢弃的抽屉和木盒子之类的东西,并想方设法运来些泥土。后来儿子又从外面弄回来几个大花盆,还花100多元从网上买来一个拼装的塑胶花坛,分别装上泥土种菜。就这样,这儿一盆,那儿一抽屉,盆盆钵钵,七拼八凑,凑成了现在楼上这个曲尺形的菜园。

有了菜园,很多蔬菜便陆续被我们邀请到这里来落户。于是,这里不仅有了青菜、苋菜、空心菜,还有黄瓜、苦瓜和南瓜;不仅有辣椒、豆角和土豆,还有大蒜、小蒜和荞头;不仅有小葱、生姜和黄花菜,还有姜红、紫苏和红薯藤。这些品种,有的来自邻居的菜地,有的来自上海农贸市场,有的来自家乡朋友家中。去年,我们一家去浙江游玩时,妻子和儿媳还从天目山上带回来珍贵的高山苦菜,专门用了一个花坛栽培它。苦菜的生命力很强,即使在这城里的水泥楼面上,只要有了水和土,它也生长得很旺盛。摘过一茬之后,过不了多久,它又会长出一茬来。有了菜园,自然有了各种蜂儿和蝴蝶的戏逐,也有了各种昆虫和小鸟的光临。

这个菜园,不仅给我们提供了难得的有机蔬菜,还让我们从中找到了一丝丝乡愁。因为看到这个菜园,往往就会让自己情不自禁地想起故乡的菜园,想起昔日在老家种菜的情景。这个菜园,虽不能让我家的菜完全自给,但能吃上一些自己种的蔬菜,感觉别有一番滋味。今年,种在大花盆里的辣椒和豆角收获都不错,因这几个花盆都有一尺多高,装的泥土比较厚,保湿的时间较长,所以辣椒和豆角皆果实累累,完全不需要去超市再买这两样菜了。

这个菜园,不仅是一家人的有机蔬菜生产基地,更是妻子的责任田。因为每一种蔬菜的下种、除虫、拔草、浇水和施肥,几乎倾注了妻子的全部心血。有了这个菜园,她的日子便过得更充实,身体也无形中得到了锻炼。

这个菜园,还是孙子的农作物教育基地和成长乐园。空闲时间,我们常常带着孙子来到这里,教他认识各种各样的蔬菜。有了这个菜园,才不至于让在大城市里长大的孙子今后误将韭菜认作小麦,错把金针花当作百合花,还能让他亲眼看到大人怎样栽培各种蔬菜的情景;有了这个菜园,还会让孙子有机会找到"儿童急走追黄蝶,飞入菜花无处寻"的童年乐趣。

这个菜园,有时还为我提供写诗的意境。记得孙子只有四岁的时候,有一次我们爷孙俩来到菜园游玩,正值雨过天晴,蜂飞蝶舞,孙儿忙着到菜花上去捉蝴蝶,可是每当他的小手伸过去时,机灵的蝶儿便逃之夭夭。

后来孙子见蝴蝶是冲着黄瓜的花儿来的，他便从地上捡来一朵落花，拿到手上，然后举着花想吸引蝶儿到他手上来。那种天真有趣的场面被我看到了，即兴写了下面一首诗：

> 瓜藤架上绿成堆，
> 绿里黄花次第开。
> 稚子难追花上蝶，
> 拾花招蝶手中来。

后来孙子想到这样做也没能引来蝴蝶，便哭着来央求我去帮他抓蝶儿。那情景让我顿时来了灵感，又写出了下面这首诗：

> 平楼雨歇露微阳，
> 菜色青青花色黄。
> 捉蝶童孙连失手，
> 牵衣顿足乞爷帮。

也许这算不上什么好诗，但每一首诗都记录了当时非常难得的画面。我想，等孙子长大之后，看到爷爷写的这两首诗，一定会勾起他对童年美好的记忆。

闲暇时刻，漫步菜园之中，迎着微风，望着这随风晃动的绿叶和各种颜色的菜花，还有那尖尖的辣椒、长长的豆角，静观那菜花间翩翩起舞的彩蝶和忙碌的小蜜蜂，闻着这满园空气中弥漫着的泥土清香，听着不远处柳岸边传来的蝉鸣和鸟叫，不禁让人陶醉，让人流连，让人浮想联翩……

徐亚斌

告别渡口

辛丑牛年春节的一天，我一大清早就匆匆驾车离家，我要去和一个渡口做最后的告别。

就在年末的一天，有学生传来渡口轮渡行驶的视频，并告诉我，等过了年，这个渡口就要完成它的使命，淡出人们的生活了。

看着视频里的画面，我不由得感慨岁月的易逝。当然，我更是对那位常年坚守渡口，不管严寒酷暑、风霜雨雪，为无数人迎来送往的老者满怀敬意。

因为在岛上长大，往日里出门就遇水，涉河靠渡船便成了常事，由此也让我对水，乃至船总怀有一种特殊的感情。也正是因为这种感情，在离开海岛去异乡谋生的这几十年间，尽管各种等级的公路四通八达，高速公路的匝道就在住宅小区的边上，我却仍保留着搭乘渡船涉水的偏好。有两次搭乘渡船的经历依然清晰：一次是家访，另一次是办事。这两个地方开车都能够直达，尤其是第二次，开车更是便捷，但我选择了渡口。

一直记得那天的情形，我把车停放在渡口附近的一块空地上，花两元钱，买了一个筹子，悠然地上了船。因为不是早高峰时段，船上人不多。只见一位五十开外、脸色黝黑、双目有神、动作利索的汉子走上了渡船，三下两下发动了机器，然后环视一下四周，把船缓缓向对岸驶去。就那么三四分钟，船已经稳稳地靠了岸，人们陆续有序地下船。此时，师傅才悠然地端起那只积满茶垢的搪瓷茶缸，十分享受地抿了一口，随后又点燃一支烟，随之一缕缕蓝色的烟雾袅袅地从口中飘出……

正在我遐想之时，导航"友情提示"，目的地到了。我找了个地方把车停妥，径直朝渡口走去。直到走近现场，我才敢确认，这就是将要被拆除的渡口。如果只看周边的环境，那是无论如何不敢认定的。向北眺望，那是邻省的一个什么镇，只见幢幢高层、超高层住宅大楼傲然耸立，而那些豪华酒店以及商务大楼更是直插云端。

回望四周，一座座白墙灰瓦的二层小楼，被错落有致地安放着，构成了一个个风格各异却又和谐美观的住宅群落，而在这一个个住宅群落之间，又有一条条笔直平坦的水泥或柏油马路纵横相连。

眼下我是没有心思欣赏这些景致的，我首先要看到的是那个渡口，我是来和它告别的，我急切地朝渡口走去。完全超乎我的想象，渡口一点也没有那种凄清萧索的迹象，反倒是人气爆满。现场有老人，也有孩子和年轻的爸爸妈妈。我在想，老人们一定是来渡口怀旧的。我还在想，他们中的很多人一定是生于斯、长于斯的本地人。多少年来，他们和渡口该有多少难忘的往事，也有多少难以割舍的情愫，而这些年轻的爸爸妈妈，一定是想让自己的孩子对渡口留下些许记忆。

嘟——嘟——嘟……正在我遐想之时，江面上传来几声浑厚的汽笛声。抬头望去，只见一艘标注沪×渡35号的渡船正从对面驶来。船上的乘客，虽然性别、年龄各异，但无一人不是大包小包的，也不见有行色匆匆的。细看他们的脸色，坦然中有点凝重。看这架势，不说也会明白，这些人一定也是渡口的老乘客，他们是以这种独特方式来和渡口作别，并留下属于自己的那份记忆。

这边的渡船刚停靠稳当，那艘稍大一点的沪×渡43号渡船驶入了渡口，照例涌上去一批客人，瞬间就满员了。乘客中依然有老人，也有年轻的爸爸妈妈，以及他们的孩子。说来也奇怪，船上没有了以往的嘈杂，除了几位年轻的妈妈在轻声给孩子讲着什么外，一切是那样的安静，安静得连投掷硬币的声音都能听见。

从渡口回来，我一直在想那天的情景。我似乎也明白了，要和自己生活中经历过的告别，是一件多么沉重的事……

蒋近朱

华亭风清

2021年6月28日晨,接到"紧急任务":《松江报》副刊主编许平老师来电,明天《华亭风》散文集首发式要用一个短片,让我作为作者代表接受融媒体记者采访。在许平老师那里,我领受任务向来爽快不打回票。更何况,《华亭风》那么多作者,选中我接受采访,颇感荣幸。

记者来电约定中午12点半上门采访。整个上午,我手里忙着家务,心头思绪万千……我与《华亭风》,这一路走来点点滴滴,想说的、值得说的,很多。

思绪把我带回14年前,《华亭风》复刊不久,我以一篇短文《一个人的春游》投石问路。次日,打开电子邮箱就见编辑回复,要我提供联系地址与电话。这么快?颇感意外。十多天后,《一个人的春游》便在《华亭风》亮相,那是2007年3月21日。这,就是我与《华亭风》结缘的开始。很快,又引出我第二篇短文的写作发表。

庄景老先生,我母亲的初中老师,在《松江报》看到我的文章后,拿着报纸找到我父母家与我见了面。庄老先生曾因所谓的政治历史问题,被清理出松江二中教师队伍发配外地,1982年我大学毕业到松江一中任教,老先生已落实政策重执教鞭,我们这隔着辈的两代人,就成了同事。那天老先生与我们母女聊了很多,这位86岁老人的真诚热情深深感染了我,他历经岁月沧桑任凭风吹雨打挺立不倒的顽强乐观精神,更是令人肃然起敬。心有所动自然成文,我的第二篇习作《有这样一位老人》,又很快在《华亭风》刊出。如此一发而不可收,一篇接一篇,凡所见、所闻、所思、所感,我都乐意诉诸《华亭风》,与读者朋友分享交流,十多年来,已成习惯。

记者如约上门,听我讲述与《华亭风》结缘的前前后后,让我拿出"私人珍藏"《松江报》展示于镜头前——刊登我习作的报刊,我一般都会留存,也已成习惯。面对记者,我道出诚挚心声:"十几年来,《华亭风》成了我与松江读者朋友交流的平台,认识我的人和许多并不认识从未见面的朋友,通过这个平台,大家可以有一些心灵的、思想的、情感的交流,非常好。""蒋老师那您在《华亭风》一共发表了多少篇文章?"记者突然的提问,还真把我给问住了。虽说每发表一篇习作自己也会记上一笔,但真没算过有多少篇。"大概百十来篇吧?"我一时只能模糊作答。

记者告辞后,我还真做回傻事。先看习作发表登记册,数了下刊于《华亭风》的文章,正好100篇!这也太巧了吧?怕万一有误,再点一遍"私人珍藏"《松江报》,99份!怎么对不上呢?重复一遍,还是登记册上100篇,留存的报纸99份,这就奇怪了!傻劲一上来,索性傻到底,我把登记的篇目与留存的报纸一一对照。刚核对几篇,答案立马显现:2008年9月8日《华亭风》发了我一首小诗,那天的报纸没能留存。十多年的前陈年往事,如影像模糊的旧底片,经记忆之水擦洗,又逐渐清晰显影:那时正值汶川大地震后,因有感于地震中一位教师以血肉之躯护卫学生的壮举,不太会写诗的我激情喷涌,一气呵成小诗《亲爱的朋友我懂你》,投给《华亭风》,赶在教师节前刊出。当年家里还没有《松江报》,记得我一连找了好几个办公室,都说报纸被清洁工阿姨搜走了。之后校刊也用了这首小诗,我就留存了校刊。疑团已解,算上这首小诗,我在《华亭风》发表的习作，正好100篇（首）。几天后，我记录北京大观园巧遇中学生采访的短文《偶遇采访》在《华亭风》刊出，那不算诗歌就散文也有100篇了。我算是比较懒散的人，十几年，100篇，真不多。真诚感谢《华亭风》，让我这懒人，有十多年不间断坚持写下去的动力。

  接受采访次日，6月29日下午4时，松江融媒体中心九楼演播厅，《华亭风》散文集首发式如期举行。我凝神屏息，目不转睛地注视着大屏幕。虽会前许平老师见面即给了我定心丸：昨天记者采访回来就说"蒋老师讲得非常好！"我嘴上回应着"你们满意就好！"心里还是免不了小紧张、小忐忑。屏息静气看完短片，我才轻舒一口气，除了对自己素颜出镜"老相"被加倍放大深感无奈、恐慌外，我由衷地为编导点赞：时长七八分钟的短片，以追寻、结缘、成长、陪伴、见证几个小单元，通过对编者、作者、读者多侧面采访，立体地呈现了《华亭风》复刊以来的行进轨迹，内容精当简洁又丰富完整。采访我的那部分，冠以小标题《结缘》，我喜欢，用"结缘"这个词，再贴切不过了。

  关于《华亭风》，我想说的，远不止短片中的这些。在我心里，编者与作者间的默契信任，尤为珍贵。记者采访时，让我寻找责编许平老师给我的第一封回复邮件，没找到，可能删了，但在电子邮箱中搜索时，我找到了两封很有意思的往来邮件，是一个关乎"美丽"的故事。2008年中秋节后，我在投稿邮件中特别加了附言："读《平儿小窗》专栏《美丽等待》一文，特意再翻中秋当天《新民晚报》，未找到小诗。三年前也是读到短文再傻傻地执意要找到小诗，好像在中缝找到的。今年有登吗？"次日即收到许平老师回复："很欣喜，竟然有和我一样的等待！是在中缝，但不一定中秋当天，有一年提前的，今年中秋我也没看到。谢谢你的投稿，并祝好！"我俩不约而同关注的，是一个美丽故事：深情相爱的恋人，女孩被病魔带去了另一世界，她离开那天正好是中秋节……之后每年中秋，痴情男人都会在报上登一首小诗寄托思念……小诗在报纸中缝并不引人注目,而我俩却都傻傻地每年等待寻找……我感觉,这种心灵相通的默契无须语言。

有了默契与信任,真的不需要太多语言,素未谋面亦如老友。我和《华亭风》责编许平老师,有长达八年时间从未见面,只以文字"神交",直到 2015 年 1 月,才在《松江老街巷》组稿会上不期而遇,而这,丝毫不影响相互间建立起足够的信任。我的习惯,习作刊发后,总要对照原稿看看有哪些改动,以便自己学习改进。《华亭风》刊用我的习作极少改动,一旦修改,必有道理,让我心服口服。非常感谢《华亭风》编辑对作者的尊重,也很敬重其认真用心的敬业精神。更让我心存感激的,是编辑对我臭毛病的包容:有时文稿发送后,突然想到某处改一下更好,于是再改再发……

我与《华亭风》,要说的太多,点点滴滴,在心头。

《华亭风》散文集三册在手,沉甸甸的。拙作《我们是首届》和我先生的《老来青又飘香》入选同册,亦为幸事。华亭清风徐来,深入松江人民心田。我愿做清风之一缕,继续以文字与读者朋友交流,纵然年华老去,思维表达能力明显衰退,亦当尽己所能让"风"吹得更长久些……正如我在某篇短文中所言,用文字定格某些瞬间,生活点滴、一时感悟、人世百态、时代浪花……每个瞬间,都是一颗小星星,即便不能以一生造银河,亦应尽力灿烂一方,能照亮自己也温暖他人,便足矣。

陆良

人文松江礼赞

松江古名华亭，是一座有着1270多年历史的古城，是黄浦江之源、上海之根。元代华亭县升府，后改名松江府，是古代上海地区的政治、经济、文化中心。松江城也是上海市最老的古城，古文化得以较好地保存。仅老城西部就有千余间古建筑，其中有保存价值的民居达100多间。松江自古就是个人才辈出的地方，数量之多，灿若云间繁星，可谓人杰地灵。据史载，明至清松江进士达521人，明代松江至少还出现过3名状元。还有人们熟知的陆机、陆云、董其昌、陈继儒、杨维桢、程十发等各个时期具有重要影响的著名人物。名人文化经过岁月的洗礼，更是价值斐然。松江历史文化悠久，人文底蕴深厚，文物古迹丰富。现有全国文物保护单位4处、市级文物保护单位16处、区级文物保护单位47处，还有200多处文物保护点，醉白池、方塔园等著名园林。上海的文化之根在松江，说松江是物华天宝、人杰地灵一点也不为过。松江还是上海市唯一拥有山林资源的地方，境内有九峰十二山。区域内佛教、道教、天主教、基督教、伊斯兰教五教并存。改革开放后，随着经济的快速发展，松江的城市建设和老城改造摆到了重要位置。松江在城市建设中，注重树立城市品位的内涵和传统文化的归属感。经过多年的建设，松江现在是一区两城，新城和老城。

新城是清一色的现代化建筑，美轮美奂；老城则是古朴与现代相结合，一城多貌。东段既有高楼大厦，也有云间第一楼、方塔等府城古迹，中段是仿古建筑，西段则为原汁原味的老街。

作为一座千年古城，松江多年来注重大力推进人文建设，彰显城市文化精神。对松江仓城、松江府城和泗泾下塘三个市级历史文化风貌区实行重点保护和修复。松江的城市建设凸显本土传统文化与吸纳创新相融合的新风貌，形成具有鲜明地域文化特色，让人们一到松江就感到这是一个文化充实、有丰富底蕴的人文之地。改革开放以来，先后建设了程十发艺术馆、董其昌书画艺术博物馆、人文松江活动中心和中华二陆读书台等一大批文化设施，开发建设了广富林文化遗址公园。作为浦江之首的所在地，在黄浦江源头建成了水文化展示馆。在城市改造中注重将松江的特色文化纳入城市建设肌理，修旧如旧活化保护，走出了一条文物保护新路径。为让松江的城市文脉更有尊严地走向未来，对老城的历史建筑及名人故居按原貌进行了修复，修缮和利用并重，让历史建筑和遗存"活"起来，从而让古城文化也"活"起来。如百年老宅杜氏雕花楼按原貌修缮后作为松江的非物质文化遗产传习基地，钱以同宅修复后开设了琴馆，东外街的周氏古宅修复后成了华亭文社，松江著名书法家王子彝旧居修缮后变身艺云阁对外开放，仓城张氏米行修缮后对外展示。

松江的很多建筑与文化有着密切的联系。

凤鹤文化。凤凰虽然只是传说中的动物，但古城松江似乎与凤凰有着很深的渊源。松江以凤凰命名的山名、地名、桥名、校名比比皆是，如凤凰山、凤凰山小镇、凤凰村、凤凰山桥、凤凰小区、凤凰学校、凤凰分站等。鹤与松江的联系就更紧密了，西晋时松江名士陆机被枉杀前曾说"华亭鹤唳，岂可复闻乎？"松江城内曾有松鹤楼饭店，现松江小昆山镇还有鹤溪街，还有华亭鹤影人文景观。历史上松江还有以鹤命名的听鹤亭、鸣鹤桥、来鹤轩、来鹤堂等人文景观。

鹿文化。十鹿九回头是松江家喻户晓的古老传说。据传说，梅花鹿在松江九峰三泖生存的历史长达4000多年，云间山水早就与它结下了不解之缘。20世纪80年代，松江姚家圈曾出土梅花鹿等动物遗骸。元代钱惟善《佘山》诗云："麟洲鹿苑带烟霞。"这些都说明，鹿与松江渊源久远而绵长。宋代华亭普照寺前石桥左沿上镶嵌了一方十鹿九回头的青石浮雕古碑，醉白池公园有赏鹿厅，城区内曾有梅花鹿雕塑群像，还有鹿回头酒家、鹿鸣村酒家、小鹿文学社等，都是松江鹿文化相传之故。

鲈文化。松江四鳃鲈鱼声名远扬，现有思鲈园广场以及思鲈亭等风物，还有鲈江、有鲈等住宅区。

兰笋文化。清康熙四十六年（1707）春，康熙皇帝南巡至松江，品尝佘山竹笋后，龙颜大悦，赐名兰花笋。清康熙五十九年（1720），康熙还特地御书赐佘山为兰笋山。现在松江佘山地区有兰笋山庄、兰笋小区。

经幢文化。建于唐大中十三年（859）的松江陀罗尼经幢，是当年松江地区佛教兴盛的标志，也是上海地区现存最古老的地面建筑之一，属国家级重点保护文物。作为松江的标志性建筑，经幢也成了松江的文化，现有以经幢命名的公寓。

峰泖文化。松江有山有水，境内的九峰十二山以及泖河是上海地区的独特景观，现有九峰寺、九峰学校，以前曾有峰泖村、九峰饭店等以峰泖命名的地名、店名。

松江还有漕运文化、布文化等众多文化，而广富林传承的是上海的根文化。

松江还十分注重对非物质文化遗产的保护，全区的非物质文化遗产都有代表性传承人。

在上海的16个区中，最有诗情画意的地方，应该是古城松江。松江的人文之盛、风景之美、遗迹之多、物产之丰，都令人魂牵梦萦。在松江的历史文化保护区的老街漫步，历史似乎在这里凝固了，只看到众多的古建筑聚在一起,厚重的古老味道,有着挥之不去的魅力。在松江,你可以寻觅古城的历史遗韵,去听方塔的风铃、西林寺的钟声,看醉白的荷叶雨滴,赏天马的塔影,走佘山的竹径,还有那跨塘月色、月湖波光,这里是城市喧嚣和浮躁的消弭地。松江有两个影视基地,还有全球独一无二的世茂深坑酒店。走进松江,走进松江的历史文化深处,无限风物扑面而来,能感受到松江的独特魅力和悠远风采,感受到一个美轮美奂、饱满立体,一个古老而又现代的松江。

苍天和历史眷顾松江,给了松江九峰三泖和一座古老的府城,名人文化成为松江人文厚重的底气。多年来,松江在建设人文之城方面做了大量卓有成效的工作。作为人文松江建设重点工程的"一典六史",已于2019年1月启动编撰工作。其中的"一典",即《松江人文大辞典》已于去年12月出版了首卷,计划于2022年完成全部八卷的编纂出版工作。辑录华亭古今,注解上海之根,《松江人文大辞典》包罗万象,内容翔实,是一部松江人自己编写的百科全书。今年七一前夕,《华亭风》散文集的出版,既是向党百年华诞的献礼,也是给松江人民奉上了一席文化大餐。

松江这座人文古城,现在正昂首阔步地走向光辉的未来。

胡志娟

回故乡

7月，骄阳似火，我回到了阔别已久、魂牵梦绕的故乡——崇明岛。

汽车在陈海公路上行驶着，车窗外，是一幅优美的田园风景画：甜芦粟吐穗了，在风中摇曳着；大片水稻田，在阳光的折射下泛着绿色的波浪……

故乡的空气是清新的，泥土是芬芳的，我深深地吸了一口气，沁人心脾。

故乡变了，宽阔的柏油马路、鳞次栉比的居民小楼、在建的轨道交道崇明线……

故乡分明没有变，不变的是乡音和乡情。

下了车，第一件事就是想品尝家乡的小吃，有点迫不及待。我买了一小块枣泥糯米糕，咬一口香甜可口，正是记忆中儿时的味道。我不由得感慨：如今生活条件好了，过去只有在逢年过节才能吃到的食品，现在啥时候想吃都可以。

转过一道弯，蓦然看见了自己家的老屋，那斑驳的外墙似乎在诉说着岁月的沧桑，那里有我无法抹去的记忆，我的眼睛湿润了。

侄儿侄女们满面笑容地迎上来，亲切地叫着"姑姑"，拉着我的手嘘寒问暖。

二哥说："政府政策好，崇明要建生态岛了，老屋已经列入动迁计划，你拍个照片留作纪念吧。"听完二哥的话,我既高兴又惆怅,但更多的是为故乡的发展变化而高兴。

也许是年久失修无人居住的缘故吧,我推开老屋的房门,一股霉味扑鼻而来,不由得呛咳了几声。

我走进老屋,环顾四周,旧梦依稀,祖父生前坐的藤椅和茶几还摆放在原来的位置。我点燃三炷清香,面对祖父的遗像三鞠躬。那一瞬,我仿佛看见祖父就坐在那里抽烟,在指导孙辈们下棋呢,仿佛听见他在说着"棋如人生,棋不如人生"的话。那时我还小,不懂祖父话中的深刻哲理,直到我人生道路上经历了那么多的风雨后才明白。祖父,曾记得,小时候您带我去扫墓,您对我说:"孩子,你不是一直问你妈妈在哪里吗?只要你对着那些坟堆大声喊,你妈妈就找到家了。"您说这话时早已老泪纵横,而我真的放声痛哭喊妈妈。祖父,曾记得,我离开故乡去外地的那天,您拄着拐杖颤巍巍地站在风中对我说:"孩子,人生没有过不去的坎,今后无论遇到啥困难都要往前看,咬咬牙就挺过去了。"祖父,这么多年,我一直牢记您的教诲,学会了用微笑去面对生活中遇到的种种磨难。孙女不孝,不能常来看您,今天我用这杯清酒祭奠您,倘若有来生,我还做您的孙女。我边说边拿出随身带来的酒洒在地上,泪水早已模糊了双眼。睹物思人人不在,怎不叫人柔肠寸断!

直到二哥喊我小名,说:"回去吃饭吧,你嫂子做了好多菜等你呢。"我这才回过神来。

走进二哥居住的小区,一股清风扑面而来,那里环境优美,鸟语花香,绿化率很高,令人心旷神怡。二哥的房子是栋三层小楼,房间宽敞明亮,高档实木家具、家用电器一应俱全。二哥开心地对我说:"崇明岛四面环水,空气清新湿润,人口密度小,即使高温天也很少开空调的。"听之,我不禁心生羡慕。

午餐很丰盛,摆满了一桌子,嫂子说:"都是你爱吃的家乡土特产,多吃点吧！"边说边不停地往我碗里夹菜，有甜酱瓜炒洋扁豆、酒糟鱼、银鱼炒蛋、草头干炖红烧肉、凉拌金瓜丝。清水蟹是野生的，个虽小，但味道鲜美、纯正，重温了我儿时旧梦。

晚上，我住在二哥家宽敞明亮的客房里，竟辗转难眠，索性起床站在窗前看夜景。

故乡的夜色是美丽而朦胧的，我眺望远处，隐约可见江面上漂浮着闪烁的航标灯；近处，树影婆娑，时而有萤火虫从窗外一闪而过，我不由得想起小时候把萤火虫放进瓶子里玩乐的荒唐事。更让我惊喜的是，我还听到了蛙声，脑海里情不自禁地浮现出"草深无处不鸣蛙"的诗句来。在故乡月朗星稀的夜晚，能听到这动人的蛙鸣，便有了诗的意境，想象着田野里的风物伴随着蛙鸣，在季节交替中开花结果。那蛙声，又像一首催眠曲，不知不觉中，我有了几分睡意。朦胧中，我梦见了祖父和父母，他们嘱咐我一定要好好保重身体。梦醒时分，天空泛起了鱼肚白。

我匆匆洗漱完毕，在晨曦中，在鸟儿的莺歌燕舞中，兴冲冲地直奔附近的农贸市场，二哥说："早点回来，等会儿去西沙湿地呢。"

我在农贸市场寻找着儿时的记忆，马兰头干、凤尾鱼干、醉螟蜞、尖角粽子……满满一拖车，恨不得把农贸市场搬回家。

二哥说："买这么多做啥？你嫂子早帮你准备好了。"我说："不多的，带回去分给朋友们，让他们品尝一下崇明岛的绿色食品。"

早餐后，二哥和侄女陪我去西沙湿地游览。走在弯弯曲曲的栈桥上，徜徉在芦苇、滩涂、小河、水草之间，"幽静""秀美""野趣"这几个词语一下子跳跃在我的眼前。走进湿地深处，便是大片的芦苇荡。我对侄女说："别小看芦苇，它有很多作用呢。比如，芦叶包粽子，芦根清热解毒，也是我们小时候免费吃的天然水果，芦秆还能编蟹笼呢。"二哥说："这些你都还记得啊？"我说："怎会忘记？故乡的巨变，故乡的一草一木，故乡的亲人们，都已经深深地扎根在我的心坎上，融进了我的梦里。"

芦苇荡里还栖息着大量的野生候鸟，有些在阳光下嬉戏；有些从芦苇深处倏忽一下子飞出，转而拍翅疾飞不见了踪影；有些则在空中翩翩起舞……

置身其中，使人流连忘返。

再看湿地上，有许多大大小小的洞穴，我分不清哪个是螃蟹的，哪个是蛏蜞的或者蛸蜞的。二哥说："这里大多是蛸蜞的洞穴。"不远处，几只野生老毛蟹正四处爬动着，或张牙舞爪，或横行霸道。

我们走到其中一个洞穴查看，发现里面有一只红壳大蛸蜞。二哥拿出事先预备好的饵料和伸缩鱼竿，对侄女说："蛸蜞警惕性很高的，稍有风吹草动就会逃之夭夭，你先把饵料放到洞口，争取把它钓上来，等它咬钩了，你就赶紧往上拉。"不一会儿，蛸蜞中计了，但它好像肚子不饿，和侄女僵持了片刻便放弃了。我看了着急，就说："二哥，不如像小时候那样直接捣毁洞穴去捉，干脆利落。"侄女如法炮制，我和二哥在边上协助，果然捉到了这只红壳大蛸蜞，然后再把它放生。

夕阳西下，挥挥手告别了芦苇荡，但挥之不去的是我儿时的记忆。脑海里又浮现出几十年前和小朋友们在芦苇荡里嬉戏打闹的一幕幕场景，耳边响起了暮归时卷起芦叶吹奏的一首首童谣。当年的小伙伴，你们可安好？

美好的时光总是短暂的。当我踏上公交车离开故乡的那一刻，忽然想起了台湾作家席慕蓉的诗歌《乡愁》：

  故乡的歌是一首清远的笛

  总在有月亮的晚上响起

  故乡的面貌却是一种模糊的怅惘

  仿佛是雾里的挥手别离

  离别后

  乡愁是一棵没有年轮的树

  永不老去

何伟康

孤山绝处访西泠

西泠印社位于杭州孤山西端,此山被誉为"湖山最胜处"。清光绪三十年(1904)浙派篆刻家丁仁、叶铭、王褆等人在此结社。1913年近代艺术大师吴昌硕出任首任社长,盛名之下,精英云集,以"保存金石,研究印学,兼及书画"为宗旨,蜚声海内外。因社址临近西泠桥,故取名西泠印社。在红枫流丹溢彩、令人陶醉的季节,我随华亭雅风印社赴杭州采风,来到"天下第一名社"——西泠印社。

沿孤山路自西泠印社圆洞门入内,首先映入眼帘的是一座歇山顶古建筑——柏堂,为宋代古迹,苏东坡诗咏:"道人手种几生前,鹤骨龙姿尚宛然。……此柏未枯君记取,灰心聊伴小乘禅。"赞誉了枯柏坚悍如金石的风骨。顺着蜿蜒的石铺小路,来到了造型别致的竹阁,由唐代白居易任杭州刺史时所筑,翠竹环抱,环境清幽,透过花窗与漏窗,竹影婆娑。因白居易一生屡经风波,时有愤懑,始终以竹之品格喻己,对竹情有独钟。宋代大文豪苏东坡在杭州任"市长"时,也曾步白居易后尘,常来竹阁品茗会友,印人题联曰:"以文会友,与古为徒。"禅庄之意,悠然而现。

踩在古趣盎然的石级上,一座不大的山门牌坊展现在眼前,石碑上"西泠印社"四字格外儒雅大气,在山道两侧古木修竹和杜鹃的掩映下高古厚朴。穿过印贤亭，山坡高处有座精致白塔，塔身11级，呈八角形，这就是著名的华严经塔，矗立于孤山南麓之巅，是西泠印社最高标志性建筑物，华严净土，飞檐临风。跨越不足1米的锦带桥，缶摩崖凿有一个石龛，洞中置放吴昌硕造像，往前即是小龙泓洞观音像，配以吴昌硕苍劲有力的行书题句，可谓别有洞天。

仰望古朴厚重的汉三老石室，室门紧闭，抚摸石墙，徘徊良久，室藏《汉三老讳字忌日碑》立于汉光武帝时代，是研究东汉时期官制与文字、书法沿革的重要实物，历经坎坷，天佑中华，堪称"东汉第一碑"。从葱茏开阔的山顶平台，进入欢乐楼，迎面看到一尊半身铜像，在"一代宗师"的匾额下尤显熠熠生辉，令人肃然起敬。绕过曲径回廊，不知不觉抵达印社东首最高处的题襟馆，由上海人哈少孚等募集所建，有"宜雨宜晴，静观自得；尽善尽美，为乐至斯"之誉。这里曾经"市声鼎沸，器具尘上"，是当时以画会友、字画交易的真实写照。伫立馆前，远眺西湖、隐隐黛山，静观灏灏湖水环抱，苏堤宛如系在西湖腰间的一条翡翠玉带，简约而雍容。湖中轻舟荡漾，对面雷峰塔高耸，在这里依稀能看见当年西泠印社诸贤风雅之集的情景。

游览了孤山楼台亭阁、摩崖石刻，由凉亭、鸿雪经石级过山川雨露图书馆、修竹环绕的遁庵、还朴精庐，最后到达西泠印学博物馆。这是座中西结合、气势恢宏的两层建筑，一楼为历代玺印展厅，存放着各种材质的玺印，从这里可透过时空长廊，溯源中国印学文化史；二楼是流派印学展厅，也是我心仪已久之地。我缓步跨入艺术殿堂，一股景仰之情油然而生，戴上早已准备好的老花镜，驻足仔细观赏，苦铁之朴、丁敬之拙、蒋仁之逸、曼生之放、奚冈之雅、秋堂之工、次闲之能，仿佛欣赏着大师们挥毫奏刀、运斤如风的篆刻之景。

从每方印章的布局、印文、刀法及边款，苍然高古，浑然天成，弥漫着旺盛的原始生命力和丰富的艺术魅力。由于我拙于辨识，只能通过边看边聆听老师讲解来认知、诠释，金石学博大精深，令我钦佩不已。此次在展厅不仅观赏到了大师们的印石精品，还感受到了中国一代又一代印人的高风亮节，真是不虚此行，心心相印，不亦快乎！

漫步西泠印社，占西湖之胜，揽金石之华，处处透溢出浓郁的金石艺术韵味和书卷气，就连那散落在山间的历史碎片也像随意拾起的一片红叶，能抖落出一个个动人的故事和篇章。

俞富章

为他人活着，挺好

退休之后，曾经的工作压力没了，曾经的各种约束没了，曾经的忙忙碌碌也没了，仿佛一切都轻松自在、潇洒自由了。于是，有了一种想法：这一辈子，终于可以为自己活着了。

果真可以如此吗？过了几年退休生活，才切身体会到，退休了并不是完全可以随心所欲地为自己活着的。

人虽退休了，可以退出工作岗位，却并不会退出生活圈子。

首先，还得继续为自己的家庭劳力劳心。我的一些同龄朋友，退休了依然身不由己：最突出的就是被孙子辈牵着，如果孙子辈没有上学，退休的爷爷奶奶就要在家看护孩子；如果孙子辈上学了，退休的爷爷奶奶则要承担起接送孩子的任务；除此之外，还要做好一家人的一日三餐后勤保障工作。有朋友告诉我，退休了好像更忙了，根本别想轻轻松松、自由自在地只为自己活着。

其次，虽然退休了，朋友圈还在。于是，时不时总有一些亲朋好友为有些事找上门来，让你出出点子帮帮忙。这个时候，总不能袖手旁观，有能力不去帮，这就不是朋友了，做人还是要讲情感的。我认识的朋友中就有几位，退休后被他们的朋友聘去做相关的管理工作，一是发挥他们经验丰富的优势，二是帮帮朋友忙。于是，他们也就退而不休了，依然上班、下班，还是处在某种工作状态。

再次，虽然退休了，还有一些社会活动会找上门来。我认识的好多退休同志，他们就常常积极地参与大量的社会活动。有的参加老干部局组织的五老宣讲团，给未成年人讲传统；有的参加司法局的帮教团，从事社会矫正工作；有的参加有关单位的史志编写工作；有的参加社区志愿者活动；有的参加各种公益活动等，这些活动与工作，显然也要牵扯他们很多的时间与精力。他们虽然退休了，但还真没有为自己活着。

退休后能够为自己活着，果然自在轻松、惬意愉悦，但是退休后还能发挥余热，为他人活着，也是有意义的。其实，一个人活着，即便退休了，只是为了自己而活着，未必容易做得到，也未必是最好的选择，而为他人活着，也未必受累，未必不好。相反，因为退休了，有了更多的自由时间可以支配，把这些时间的一部分分配给他人，反而令退休生活更加丰富、充实，更有成就感，心情也更加愉快，更有幸福感！

一个人活着，说到底，并不是为自己活着的，恰恰是为他人活着的；尽管生命属于自己，但生命的意义的确存在于为他人活着的过程中。这与一个人退不退休无关，这是由人的社会性决定的。每个人都不能独自活着的，一个人的生命历程自始至终离不开他人。既需要他人的关心帮助，又需要他人提供人生存所必需的各种服务。与此同时，这个人自然也有天然的使命与职责为他人活着，为他人、为社会承担自己的责任与义务，贡献自己的智慧与能力。

我们的一生，一直都在为别人活着，为父母活着，为爱人活着，为孩子活着，为朋友活着，简言之，为他人活着。其实，为他人活着，人生的幸福与快乐，就在其中；人生的价值与意义，也在其中。

为他人活着，挺好！

北国的雪

江南少雪，江南人到了冬季最期盼的不是吃一顿热气腾腾的火锅，而是一场纷纷扬扬的鹅毛大雪。

这个冬季，我来到了北国，从长春到吉林，从雪乡到横道子河，从牡丹江到哈尔滨。我走进了北国的林海雪原，踩着厚厚的白雪，忘情地躺在白雪之上，甚至摘下树枝上的冰挂放到嘴里当作冰棒尝起来。

北国的雪，是北国特有的风光，也是北国最奇妙的风景；北国的雪，与江南的雨不同，与江南的雪也不同。江南的雪与北国的雪比较起来，那就是两个世界的雪，不仅声势不同、姿态不同，而且气质与品格也有异。

北国的雪是北国之冬的气质。北国的雪，气势恢宏，盛大辽阔。"千里冰封，万里雪飘"，那是一种一往无前的气势，一种浩浩荡荡的声势，一种压倒一切的气概，一种摧枯拉朽的力量。北国之冬，是雪的世界，连绵不绝，一望无垠；波澜壮阔，锦绣壮丽。北国的雪，不是浅薄的，而是深厚的；不是羞涩的，而是爽朗的。无论是在屋顶上，还是在院子里；无论是在巷子深处，还是在阡陌之间；无论是在草地上，还是在森林里，每一处的雪，看上去都是那么丰满、厚重。北国的雪，尽管安宁、静谧，却洋溢着磅礴之气、浩然之气，令人震撼，更令人敬畏！

北国的雪是北国之冬的风采。北国的雪，皑皑如洗，一尘不染，明媚、靓丽、洁净。尽管北国气温极低，零下十几二十度，但在阳光的照耀下，北国的雪如铺设在大地之上的一层厚厚的白棉，会升腾起一种浓郁的暖意来。是的，北国的雪，如一位巨人温暖的胸怀，似一张宽敞温馨的床铺，人们可以恣意投入温暖的怀抱，躺在温馨的床上，不仅没有一点寒冷之感，反而会收获贴心、舒心、安心的惬意与愉悦。雪虽然是雨的另一种状态，但北国的雪没有江南的雪湿润，它是干的。在北国雪地里行走，鞋子是不会潮湿的，就是把雪洒在衣服上，一抖就下来了，衣服上不会留下一滴水渍，北国的雪就是这般干脆利落！

北国的雪是北国之冬的品质。雪后总是晴天多，南方的雪后，太阳一出来，雪便化了，到处滴滴答答，湿淋淋的。北国的雪，却不是见着阳光就会化的。我在北国的几天，尽管天天大太阳，地上的雪一点也不化。北国的雪质地坚硬，如细沙，如粗粉，不粘、不淤，人踩在雪上，会发出咯吱咯吱的声音，却是踩不碎、踩不烂的。顽强不屈、耐久坚韧是北国的雪的品格。如果说江南的雪如纤细的女子的话，那么北国的雪就是硬朗的汉子。我不知道，是北国的硬汉雕琢了北国的雪的硬朗品质，还是北国的雪的硬朗品质造就了北国的硬汉，反正，北国的雪如同北国的硬汉。

北国的雪是北国之冬的灵魂。北国之冬的主色调是白色，然而北国的雪并不乏味、单调。北国的雪是神奇的，它可以将雪的世界营造出一个梦幻世界，一个童话世界，一个奇妙世界。树挂、雪乡，"山舞银蛇，原驰蜡象"，都是北国的雪营造出来的奇妙风景。北国的雪是有创意的，所到之处，万物都会焕然一新。那郁郁葱葱的原始森林，只要一场雪，就会转身为玉树琼林，华丽而美艳。北国的雪是有智慧的，它能让茫茫世间演绎成如诗如画的仙境，迷幻而玄妙。鲁迅说，雪是雨的精魂。北国的雪是北国之冬的灵魂，因为有了雪，北国的冬天便不再寂寥、萧条，而是充满灵性，魅力四射，热烈而深情。当人们走进北国，皑皑白雪的视觉冲击直抵人的心底，灵魂也有一种被充分洗涤的感觉。

李宗贤

另类水族孑孓

我好奇心极强，这让我虽早已越不惑、跨天命并远甩耳顺，却仍不时做童稚之举、现童稚之态。这阵子，我无论读书还是做着股票，都兴趣浓厚地不时地窥探着案上纸杯中的另类水族——蚊子幼虫孑孓们的活动。这几枚孑孓我是在办公室对面盥洗室长条水池的积水中捕获的。水池的面砖水锈斑驳，砖面多处碎裂剥离，露出深灰色水泥层，形成极易隐蔽的水环境。积水中半悬浮的链状尘埃或团状尘埃好像就是蚊子的卵团，卵团中每一粒芝麻大小的卵块据说就可孵出百多条生动的孑孓。

比之于高档昂贵的水族，养孑孓可谓是零成本的玩儿，也就一只小纸杯盛上点自来水的代价。孑孓生命力极强，破碗碎瓶中残余的污水、脏水之中照样能活泼泼健康成长。孑孓当然是早已被人类宣了判词：长大了就是吸人血的蚊子！但纸杯里的孑孓完全伤害不到我，它们一周以后变成蚊子了也吸不到我的血。我在杯口覆上保鲜膜，用橡皮筋箍定，孑孓的活动一目了然。我向同事诡称我弄到了好玩的水族，同事问："什么鱼啊？别是蝌蚪噢。"及至看到了我的杯中水族，不禁大笑："这算水族啊？实在没什么名堂好玩的，你还找上孑孓玩了！"我并不计较同事的不屑，我心中明白，这孑孓还真是水族，学名蜎或蠉，俗名孑孓，坊间谓之跟斗虫。

我国古代第一部词典《尔雅》把"蜎,蠉"归在了"释鱼"中,据此,我很有底气地把孑孓称作水族。

其实我并不在乎别人是否认可孑孓为水族,关键在于孑孓长成为蚊子过程中的形态变化,让我对它产生了强烈的好奇心。不少人家花大价钱购置如一面墙般的超大鱼缸,购买假山和各种昂贵水草,购买昂贵品种鱼类,配置温控、光控和氧控,做成海底世界般的水族馆,甚是壮观、气派、震撼,但究其实,千金未必买得来有趣。那鱼养尊处优,整日整夜都是这样逛街似的游来游去,或快游或慢游,或浮上或沉下,做不出魔术般的突变,即便奇鳞异鳍,又有什么令人兴奋的看点呢?

孑孓则不然,它固然被卑微成史,却一直生动。其于积水中屈曲上下,时而沉潜水底,安卧不动,状若蛙鱼;时而腾跃而上,倒挂水面,嚎如悬蝠。我心中生疑,孑孓何故倒悬?读书得解,原来孑孓尾端生有针形呼吸口,倒悬水面是露出针口呼吸呢。孑孓还经常头抵杯壁或杯底做推行状,细看能见到孑孓的口器啮动着,似乎正吃着细菌和藻类生物。孑孓在水中如此这般地活动着,不知什么时候起便先后变成蚕豆虫般的黑点浮于水面,这黑点原来就是孑孓变出来的蛹。

这水中之蛹甚可观赏:俯视如甲虫,侧形似逗号,腾跃若龙虾。孑孓在蛹两三天,不吃不喝,而体色渐黑,体型渐大。专业人士介绍说,蛹正在做生命形态的转型,它要破坏孑孓水中游虫的原有生理结构,生成蚊子空中飞虫的生理结构。虽然在人类的善恶评价中,按蚊也罢、库蚊也罢、伊蚊也罢,因为分别主要传染疟疾、乙型脑炎和登革热,它们的生命形象很反面,但作为自然中的一种生命现象,我更愿意理解它们的生存艰难。孑孓一定是在水中生存产生了危机,才要蜕变成蚊子,去空中生存。

就我的好奇心而言,最想看到的就是蛹里钻出蚊子的瞬间。按下人类的善恶评价体系不表,我只想对这样的瞬间做纯粹的观赏,就如我观赏蛋中孵出小鸡、茧内飞出蛾子。静浮水面的蚊蛹眼看胸部膨胀开来,但你盯着它看,就是不见蚊子钻出。好多次我上个街或就个餐,离开仅半个多小时,蚊子却已孵出,我的观察宣告失败。覆盖着保鲜膜并用牛皮筋箍住杯沿的纸杯里,孑孓们通过蛹期,已孵出九只蚊子,在水面和杯口平面逼仄的空间里时飞时停。最后一只蛹分明也将蜕变,我再不敢大意,端坐案前,用心观察。

最后的蛹其胸壳如种子般裂开,新蚊探头如芽。芽越出越丰,细辨之,头、胸、翅、喙、前腿、中腿次第而出,其腹及后腿尚处蛹中。蛹身如龙船颠动,旋见其腹及后腿全出,新蚊已跃然水面。水面浮着十具舟形蛹皮,水上飞舞着十只崭新的蚊子。从外形判断,它们都是伊蚊,而且都是雌蚊。它们新生于此,也将终老于此。

常虹

父　亲

我的父亲多才多艺，能写会画。一双炯炯有神的大眼睛，高挺的鼻梁，神态严肃又慈祥，他是一位美男子。他毕业于西北师范大学教育系，之后应征入伍成为一名光荣的解放军战士。听父亲讲，解放初期部队需要充实一批有文化、有知识的人才，主要给战士们上课补习文化知识等，所以他就成了部队里的一名文化教员。由于父亲认真教学，新颖活泼的教学方式并结合军事训练，深受战士们的欢迎，当时得到了全军表彰并出席了西北地区文化教学模范功臣代表大会，受到了西北军区政治部主任、后任国防部副部长廖汉生的接见。他亲自给父亲题词："教学工作是知识分子工农化的良好机会，必须以不倦的精神教好学员，以不厌的决心学好自己，达成教学双方均能担负国防军的坚强骨干。"

父亲在部队上还荣立二等功和三等功各一次。特别是他在教学方面认真，勤于钻研，思路开阔，战士们常常写信夸赞父亲的教学，一位战士给父亲的信中这样写道："原本这门课没什么意思，经常教员一讲，可有意思了。"还有位战士编了快板："课堂站着常教员，提高写作没问题。……"他的教学成绩报纸常有报道。

父亲还参加过抗美援朝，在立功获奖后的日记中他这样写道："十月五日下午，全团的部队集合在了操场上，这时军乐队已奏响了《解放军进行曲》，忽然台上有人喊我，让我在军旗下照相，还说准备一下，首长让你给大家讲话。由于太激动了，讲的什么也记不清了，只记得台下响起了一片热烈的掌声。这掌声对我是多么有力的鼓舞啊！我心里也暗下决心要用实际行动回报部队和大家对我的关怀和鼓励。"当我看到父亲在八一军旗下英姿焕发的照片时，感觉父亲很了不起。因为当兵在那个年代是很光荣的一件事，那是一个崇尚英雄的年代。

后来父亲转业到了地方，分配到了文化局工作。之后又到政府部门工作，由于父亲的对口部门是农业，所以经常下乡。他总是向组织提出申请，去艰苦边远的地方。他常说的一句话是："越是艰苦的地方，越能锻炼人。"记得他曾经工作过的乡镇大多都是高寒山区，交通不便，粮食亩产量低，农民生活很苦，有些贫困户、五保户还未解决温饱问题。他经过大量的实地走访，做深入调查研究后，通过政策、技术、资金帮扶等因地制宜、切合实际的一系列措施，帮助这几个乡镇的贫困村，逐年提高了粮食亩产量，提高了人均纯收入，解决了当时那些贫困户的温饱问题。当年新闻报道说："麻沿乡对特困户采取一、二、三扶持方法成效显著。"由于父亲在工作中善于调查研究，勤于思考，且措施得力，凡他工作过的乡镇大都成为当地脱贫致富步伐较快的乡镇和典型，在全区干部大会上得到了当时的一把手李景华书记的多次表扬。

当然，取得这一系列成绩的背后，是父亲付出的心血和汗水。一次，他去嘉陵乡调研，那里山大沟深，没有公路，只有羊肠小道。他沿着牛走过的蹄印，深一脚浅一脚地走着，山下是万丈波涛的嘉陵江，稍有不慎，人就会掉下去，用惊心动魄来形容一点也不为过。事后，父亲回忆起来说："走过青泥岭，才能真正体会李白当年为何发出'蜀道之难，难于上青天'的感叹。"

20多年，父亲千万次地用脚丈量着那些贫困乡村的山山水水，他的足迹遍布江洛、麻沿、嘉陵等乡，每当他要离开工作过的乡镇时，那里的父老乡亲都舍不得他走，总是说："老常，你是个好人啦！"

父亲出口成章，写得一手好文章、一手好钢笔字，口才也极好。钢笔字迹工整、隽秀，通篇充满美感。凡见过父亲笔迹的人，无不称赞父亲的钢笔字漂亮。父亲的文章、调研报告常见诸省级理论刊物。父亲还参与了地方民政志的编纂，并担任主编。

父亲在文化局工作期间，还利用业余时间给地方第一中学高中班教过音乐。更难忘的是，在我小的时候，我们家的墙上贴着父亲画的两幅油画：一幅画的是穿着红色衣服的藏族姑娘，赶着一群羊在草原上放牧的情景；另一幅是风景画，河边的垂柳吐露出盈盈翠绿，河面上有一座桥，桥洞清晰可见，水面上波光粼粼……很可惜的是，这两幅油画由于多次搬家竟丢失了，真是莫大的遗憾。据说，父亲在大学读书期间曾拜著名学者常书鸿先生学过画。

父亲常常叮嘱我们："要认真学习、认真做事。"可以说，父亲一生认真工作、认真做事。记得有一次父亲住院了，当单位来人找父亲说有事时，父亲当即放下饭碗就去了单位。后来大夫查房，看见父亲不在就说："老常真是认真工作的楷模啊！"父亲认真做事、坚持学习的品格深深地影响了我。每日看报、关注新闻也成了我的必修课，新闻对我知识的积累起着至关重要的作用。"认真"二字也成为我人生的座右铭。

父亲酷爱干净，衣服总是干净整洁，随身的手提包里总放着一把刷子。每次进门前，先要打扫完身上的土。之后便洒扫庭院，把卫生搞得干干净净后，再泡上一杯茶，一边喝茶，一边看报。我上学时，父亲常常给我们讲国际、国内的时事新闻。印象很深的是，父亲喜欢看《参考消息》，我也时常浏览，所以从小就养成了爱看报纸的习惯，以至于我读大学时，毫不犹豫地选择了新闻专业。

父亲一生严于律己，公私分明，坚持原则。一次，他和另一位同事去下乡扶贫，这位同事对父亲说："到了村子里，让老乡宰只鸡给我们吃。"被父亲当即拒绝，他说："我们下乡是扶贫的，怎么能搞特殊呢？万万不可以那样做，吃一碗面条就可以了。"

父亲一生善良，乐于助人。在民政部门工作期间，父亲去高桥乡调研时，建议乡镇办敬老院，把农村中那些五保户纳入敬老院管理，使这些孤寡贫困的老人，老有所依，老有所养。工作中，也常有一些乡镇干部找上门来，有的请父亲为乡镇企业出谋划策，有的为土特产找销路，父亲都给予了帮助和提出建议。

父亲的一生是勤奋又认真工作的一生，是严于律己、廉洁奉公的一生，是坚持学习的一生，是善良并乐于助人的一生。父亲从上学、参军到工作一路走来，有过荣光，也历经坎坷艰辛，但他始终一步一个脚印，踏踏实实，认真努力，在平凡的工作中做了许多卓有成效的事情。父亲是令我们骄傲的父亲，父亲身上许多的闪光点，值得我们永远学习。

1994年7月11日晚11点，父亲因突发心脏病经抢救无效与世长辞。当时我还在外地出差，赶回家时，父亲已经安葬了。在父亲临终时，未能见上他最后一面，是我心中永远的痛，也是我一生最大的遗憾！

父亲离开我们已经整整26年了。

父亲，我还想对您说："2020年是国家决战脱贫攻坚的一年，年初剩余的551万农村贫困人口全部脱贫。如今农村已发生了巨大的变化。今天美丽乡村如雨后春笋般涌现出来，当年您工作过的乡村有的已成为旅游景点，您在天之灵听到这些振奋人心的好消息一定会很欣慰，因为您生前就一直走在扶贫的路上……"

父亲，我们永远怀念您！

魏勇

无花果树

3月的早晨，一阵若有若无的特殊的清香，吸引我来到了自家后院。不经意间，那棵碗口粗的无花果树，竟已吐出了翠绿的嫩芽。我祈盼中的春天，终于来了；人说，熬过了冬天，世间万物就能焕发生机……不知怎的，倏忽间，我不由得泪流满面，模糊的泪眼中，我仿佛看到在片片绿叶间和一颗颗高挂的红果上，映满了妈妈那灿烂、甜蜜的笑脸……

这是棵一人多高的无花果树，虽仅两年半，但也可说是已饱经风霜，树身斑驳，虫洞满布。它是我用一棵已奄奄一息的无花果的树枝扦插的，上几棵都在钻心虫的"地道战"下壮年夭亡。我不善种植，但对其倾心，浇水施肥、挖洞捉虫、烧土杀菌、拉网防鸟，且为环保，不喷药水，只塞蚊香、樟脑，整个夏天，我同天斗，同鸟斗，同虫斗，同外来的顺手牵羊者斗，可如此辛苦，换来的也仅仅是十几只小小的果子。

为它忙碌，只为母亲的一声"好吃！"

或许她是真心话，或许仅是因为这是儿子种的为了让我高兴而安慰我。在我的记忆里，母亲除了忙，为学生忙，为家忙，几乎不吃零食。当然，这可能是她因生活所迫而养成的"习惯"，要说她20世纪50年代50多元的工资也不应该很拮据，但她要赡养三位老人，还如母亲般带大了她的弟弟妹妹，甚至还要照顾他们的下一代，一生操劳。父亲的"优点"是不管钱也不管事，似乎从不关心这个家，不知他心里有没有这个家，日日夜夜永远在工作。对此，父亲现在如果还能记起的话他是应该会内疚的。而母亲却似乎为父亲而活着，为他操心，为他担忧，为他受苦，在我看来，她对父亲的爱实实在在要胜于对我们哥俩的爱。

其实，母亲也曾是个浪漫的姑娘，在父亲至今还保存的一本笔记本的扉页上，有属龙的母亲为出差的父亲写的"好好学习，努力劳动"的临别赠言，那是用"劳动"两字画了一个女性的头像，嘴里伸出的一笔是一条活灵活现的龙，头上还有飘荡的云彩。而那种浪漫换来的却是她一生的辛苦。

那时，因为父亲是单位里所谓的一把手，为了便于工作，我们家便从普照路搬到了永丰市河桥桥堍一个木工厂的楼上，那十来个平方米便是我们的家。每天要忍受乒乒乓乓的敲击声不算，进出还都要爬那又窄又陡的木楼梯，这可苦了操持家务的母亲，打水、买煤更是困难，有次不慎失足摔下楼梯，为此，她失去了尚在腹中的她心心念念想要的女儿。但就算这样，这样的房子都因父亲是走资派而被赶了出来。几番折腾后，我们总算借到了横街一处既没路灯、家又没电灯的打水要走近百米的民房，唯一的好处是因偏僻而少了来捣乱的人。但好景不长，房东的亲戚带着十几个人硬住到了我家，从里到外躺满了人。每天晚上，母亲除了急匆匆赶回家为我们弄吃的（有时还要给那帮人做饭）外，还有一大沓的作业本要阅改，她负责的是毕业班，数学、语文一人抓，她对教学的认真态度老师们都是公认的，但这也反倒疏忽了或者说是已无暇顾及我们兄弟俩的学习，整个晚上，她只是偶尔会突然想起来似的抬头问正看着忽明忽暗的煤油灯发呆的我们"作业做得怎样了"。因为她的心思不全在我们这儿，她会不时地去那漆黑的屋外张望，她在等，等那个以前一心为了工作现在是被轮番批斗的我们很少见面的父亲，担心他的腰，担心他的腿，担心他今天是不是出了新状况。因为在批斗时父亲不肯低头弯腰,被人一左一右拿着长凳从高处跳下来压伤了腰,他夜深人静时的哼叫声常常使我们胆战心惊。

其实,母亲在担心父亲的同时,她也在默默承受着时代激流的冲刷,至今,在她的档案里,仍留存着她因在上海徐汇女中(教会学校)读书的经历而写的思想检查。也许是深刻于心吧,她竟从未跟我们提起过一句。

她的坚强好像是与生俱来的,什么事都情愿自己扛,也不求助于人,包括任何病痛她都不吭一声。让我记忆犹新的是,一天,我正在上班,医院打电话来,说母亲小中风。我一下子透心凉,小毛病她是不会让人打电话的。原来她上午返校晕倒了,学校把她送回了家,到下午她感觉实在不好,就自己去了医院,说是不让我们担心。但对一个老人来说,这种不麻烦小辈的好心,却反倒成了令我们头疼的"陋习",有点帮倒忙了。如有次我发觉她的手肿得很大,她只谈谈地说,摔了一跤,两天了,怕影响你们工作。结果是手腕骨折了,从医院回来的那个晚上,她硬要我去睡觉,并答应有事就喊我,哪知绑着石膏的她上厕所时摔在了地上,爬不起来。父亲要叫我,她不让,结果有点痴呆的父亲居然真的兀自睡了。等我半夜起来看看时,穿着内衣短裤的她已经冻僵了,以至于发起了40多度的高烧。可她还是那句话:"想让你多睡点。"吓得我只得在她的房门外悄悄地铺了地铺,睡了一个多月。

在我的记忆里,她也有过软弱的时候,那是我仅见的一次。有天,我发起了高烧,母亲抱着裹着厚厚棉衣的我赶往医院,一路上只听见她那沉重的喘气声。在秀野桥上,她好几次停下来,脚踩在栏杆上,把我靠在她的腿上歇息,她实在是走不动了。正无助、焦急时,一位她认识的骑黄包车的伯伯过桥,她喜出望外,大叫起来,在坐上车的那一刻,她喜极而泣;后来外婆来到了医院,母亲又嘤嘤而泣。前一次是作为一个孤立无援的年轻母亲遇到"救星"时的悲喜交加,后一次则是作为受苦的女儿终于见到妈妈时的撒娇。这哭声一直萦绕在我的心底里,也是我爱她的源泉。

我亏欠她很多，从小到大，我是最令她不省心的。小时候因为父亲常常颈挂打倒自己的牌子，手拿肉骨头敲着铁畚箕游街，故我们也常常被同学欺负，为此母亲给我们转了校。可第一天上学，就有一个比我高出一头的同学抢走了我的乒乓球板，并把我推倒在地。一段时间来所受的屈辱使我一下子爆发了，一拳把对方打得满脸是血……自此后，从小学到高中，尝到"甜头"的我，便三天两头打架。于是，不是老师找她，就是家长找她，她像一个做错事的孩子被人骂，被人训。母亲从担心我被人欺负到每天担心我打伤别人，她是无奈的，那时，常常伴随着我的是她那种叹着气望着我的幽怨的神情。直至我去插队、参军，但她的那种神情却由此变成了心疼、担忧，甚至是歉疚。我知道，是我把去工矿的机会让给了哥哥，她把我的从17岁起就要离家飘荡的"不幸"当成了她自己的过错和无能。

退休后，她本可以吃吃玩玩了，我看出她对旅游颇有兴趣，故带父母出去，但几次后母亲再也不肯外出了，细问之下，我才明白，是因为父亲晕车。我劝她可以给从不干家务的父亲做好饭让他待在家，但母亲就是不放心。年轻时没机会，有机会时却为了父亲而放弃，就此到老。

我总以为，母亲还年轻，还能动，她自己能买吃的穿的，故很少关心她。有时，我很随意地问她要吃什么时，她也总会说，不要呀，要吃我自己会买的。其实，她这一辈人，又有多少人是舍得享受的。

直到有一天，当她在床下不停地找哥哥时，我顿时伤心不已，把她抱坐在我腿上，流着泪说"怎么办呀"，她居然也忧愁地望着我，喃喃道"怎么办呀"；当她两次摔断腿，我所有想让她站起来的努力都白费了时，我才猛然意识到，让老人吃好喝好其实已成了一句空话，硬的咬不动，黏的要噎着，荤的要痛风，咸的、甜的要高血压糖尿病，面对山珍海味只能空叹息。对于你来说，纵有千万财富、万般孝心，你有的只能是恨不能时光倒流的负疚和遗憾，你这辈子再也没有机会去真正尽孝了。而我，唯一能做的，便是专心侍弄那棵无花果树，好像只有这样心里才能得到些许安慰，才能稍稍弥补一下自己对母亲的亏欠。

  但今年，我无须再为无花果树去忙碌了，因为自2020年那个寒冷的冬天起，我就再也没有妈妈了。

周平

华雯的老爸与阿奶

作为沪剧主要发源地的松江，曾涌现出众多沪剧人，包括艺人、演员、编剧、琴师等，但能从早年本滩延续到如今沪剧，还在舞台上大红大紫的，恐怕也就只有当今著名沪剧演员华雯他们家。

华雯的祖母马小妹，出生在当时松江枫泾的潮泥滩，其父在小镇上开茶馆。茶馆的生意很好，每天都有戏班子来演出。马小妹虽是父亲的掌上明珠，但这个边远小镇始终奉行着"女子无才便是德"的传统，故而父亲从没想过要送宝贝女儿进学堂，所以跟着去茶馆听滩簧就成了马小妹孩提时代的全部娱乐。

马小妹人很机灵，常常听几回就能自己唱了，10岁多一点时，就能唱好几出戏；13岁正式拜师学艺，两年不到就挂了头牌，一直在松江、金山、青浦等一带的郊区茶馆、书场演出。马小妹嗓子特好，人称"松江梅兰芳"，听戏人当中有句话"马小妹台上唱戏，三里路外也听得见"，她的"凤凰头"（沪剧一曲调）又特别有特色。扮相也佳，戏演得更好，因此在她演出的茶馆场子里，总是被挤得水泄不通。她还特别擅长哭戏，泪水就像装着的自来水，说流就流，演唱中往往一只长过门后，眼泪要来就来，常能把整个茶馆的观众都唱哭，所以有"松江哭旦"之称。

马小妹的师傅及他的师兄分别患病去世后,戏班里的华新庆接班当上了班主,此后,他俩正式挂牌成为搭档,后又成为夫妻(可惜在儿子一岁时华新庆就过世了)。华新庆台上"卖法"(旧时指称艺人演出的唱腔、表演技巧等)好,扮相也好,台下做人地道,人缘好,所以班主当得很有威信,但他肚子里的戏并不多,而马小妹肚子里的老戏功底很深,只要观众们说得出的戏基本上就没有她不会唱的,所以在舞台上她就成了华班主不可缺少的依靠力量。

一次偶然的机会,戏班接到松江一个最大书场的邀请。那天,正场演出结束后,观众开始"点翻牌"(正戏结束后,观众可以翻阅戏码折子点戏,俗称"点翻牌",大多是有点难度的对子戏、折子戏等;专人将所点剧目的纸贴在台边,演员按顺序演唱,叫"唱翻牌"。所得收入,全班平分),一个观众点了头牌小生、班主华新庆唱《敨(tǒu)乱百家姓》,这是一段有三四百句唱词的赋子板,有点类似《徐阿增出灯》。班主傻眼了,因为这段戏他不会唱。书场老板倒也不客气,说既然不会,那今天的演出收入全部归书场。眼看着一天的戏要白唱,而且更让人揪心的是这种情况一旦传出去,那么戏班子的名声就会受到影响,日后的生意就要大打折扣,全戏班顿感尴尬和沮丧。就在这紧要关头,马小妹站了出来,只见她不紧不慢走到书场老板面前,非常平静地对他说:"请您马上打出戏牌,由马小妹反串(戏曲演员临时扮演自己行当以外的角色)演唱《敨乱百家姓》!"此时,后台连同班主在内的全班同仁都惊呆了。

戏牌一亮,台下顿时一片哗然。马小妹坦然走到台中央,在台上台下所有眼睛的注视下,反串一气呵成唱完了这段男口赋子板,那样的干净利落,那样的淋漓尽致,那样的大气磅礴。台上台下,前台后台,一起为她鼓掌。那天,这家松江书场为马小妹沸腾了。那年,她才16岁。从此,马小妹在松江这个大码头算是站稳了脚跟。

1950年,马小妹戏班子和其他一些西帮艺人发起组织了松江县沪剧改进协会，对外称群力沪剧团，演出《大庵堂》《文武香球》等戏。此时，马小妹开始把儿子华石峰带在身边，让他学戏。

少年时代的华石峰对学戏这件事是不太上心的，台上的这份灵气全依仗着那点天赋。马小妹对他的管教非常严，有一天华石峰下午要主演幕表戏《十打谱》，里边有一段很吃重的大段唱。一早，马小妹就叮嘱他多温习几遍，可是贪玩的华石峰被弄堂里的小伙伴一约，就出去玩了。结果下午演出时，就在母亲特地关照的这段唱上，一个开小差，就"吃了只田螺"（打了个格愣），幸亏他人机灵，即刻弥补得还不错，不仔细听根本听不出来。但下得台来，在边上帮他敲"老郎"（鼓板）的娘亲，当即一记鼓板就狠狠地敲在他头上："小鬼，唱戏辰光勒啦动啥呵脑筋！"如果不是接下来马上还要上场唱，这顿"生活"（挨打）绝对不会轻。

在马小妹严格的训练下，华石峰在学戏的第三年，也就是他16岁时就开始在戏班出任"正场（戏中主角）小生"了，领衔主演的第一本戏是和马小妹合作的《大庵堂》。因为班主看见马小妹有时在教儿子《大庵堂相会》，于是有一天就问他们："明天你们娘俩上去演出《大庵堂》如何？"见母子俩答应了，马上就贴出海报："《大庵堂相会》，马小妹、华石峰母子档出演陈宰庭、金秀英小夫妻。"听闻此讯的观众们那天是将场子围了个里三层外三层密不透风，都争着一睹他们母子档小夫妻的风采。

真可谓子如其母，马小妹曾有反串《敲乱百家姓》在松江站稳脚跟的惊人举动，华石峰也有类似故事。那一次戏班到新浜北庄演出，有位老先生点唱开场小戏《徐阿增出灯》，这是滩簧时期经常演出的剧目之一，剧中有大段的"灯赋"，演唱时要求口齿伶俐，吐字清晰，一气呵成。让戏班中的一位老爷叔唱，可他推三阻四就是不肯唱。华石峰悄悄问他为啥不肯，问到最后，他摊牌了："勿是勿肯唱，实在是肚皮里呒没呀！"无奈，华石峰就像母亲当年那样，对着观众拍胸脯："两天后我唱《徐阿增出灯》！"可是已经几十年没唱了呀，怎么办？他马上调动所有记忆，开始复习。听说华石峰要唱《徐阿增出灯》,观众们开心得勿得了。那天,一曲下来,一个格愣都没打。底下观众掌声震天,同事老先生们也大拇指翘起:"小华,呒没闲话了!"

回忆起当年,晚年的华石峰不无遗憾:"唉,只怪我那时年幼贪玩,要是我那时候哪怕将娘的戏的十分之一学下来,现在我肚里的东西就不得了了,也就不愁没戏了!"

华石峰18岁那年,被松江沪剧团团长王中玉看中进了剧团,拜张月华为师,得艺名华石峰。

进了松江沪剧团后,华石峰一开始也就是跑跑龙套,一次偶然的机会才让他得以崭露头角。那是剧团在苏州开明大戏院演出《碧落黄泉》,主演倪惊鸣突发胃病,不能上场。就在面临退票的当口,华石峰的师兄也是这出戏的导演施建刚问他:"让你上台演汪志超你怕不怕?"华石峰不以为然地答道:"又不是去杀头,有什么好怕的!"就这样,他被推上了舞台,一炮打响,轰动苏州。

紧接着,他在剧团排演的《冰娘惨死》中担任主演,华石峰就此出名。一个个英俊的舞台形象让他在松江及其周边地区名声大振,尤其是《秋海棠》中的秋海棠倾倒了苏浙沪无数戏迷,还有后来在《智取威虎山》中饰演的杨子荣。"文化大革命"开始后,华石峰与其他演职员一样,被安排到张泽公社药材店当营业员。等到"文化大革命"结束,在松江沪剧团恢复无望后,华石峰去了崇明沪剧团。

晚年的华石峰,依旧心系沪剧,自己组织了戏班在市郊演出老戏,还把不少幕表戏,如《贤惠媳妇》《半夜夫妻》等整理出了剧本。当听人说好些团队都在拿着他整理编写的剧本到处演出赚钱时,他倒也不生气,还蛮得意:"有人喜欢看就好!"

许平

租个"箱子"把家装

住了十多年的房子老化问题接二连三地出现,该捯饬捯饬了。

属于二度装修。万里长征路的第一步:给装修工人腾场地,搬空所有的家当。当不了总设计师,也干不了监理,就拍着胸脯说整理东西归我了。

平时不觉得,卷起袖子上手的时候,才发觉家里怎么囤积了那么多的东西!这咋整?

朋友们纷纷支招:常年不用的、用久了的、落满灰尘的、碍事的,总之隔年皇历、明日黄花之类的东东……都扔了。

不然怎么办?于是不纠结物品和自己的关系了,也不关联我的意识和物欲了,给自个儿立下军令状:为保证装修如期开工,化物品为空间,断舍离!

洗衣机、烘干机、微波炉超龄了,本来就列入退役名单的;电脑、打印机、扫描仪太落伍,早该换新的了;没打开过的腈纶被、腈纶毯、空调被,猴年马月会用?锅碗瓢盆刀勺筷,或功能不行了,或颜值落伍了,也扔了吧。

西装、羽绒服、衬衣、裙子、羊毛衫,好些七八成新,小区门口的捐物箱是个好去处;购买的、赠送的书顶着半屋子的天花板,同一版本有三四本的不少，比如余秋雨的、易中天的、莫言的，当废纸卖？即使重复的，也不能够吧。

彩电和冰箱，还有进门不久的立式空调，各项指标正值当年，这个可以有。

那个黄金樟茶桌，是有一年去江西采风，在三清山下一见钟情，魂牵梦绕了好几回才得到的，且喜欢着呢，怎么可能抛弃它！

几件红木家具，打死也不舍得相离的，腈纶被、腈纶毯、空调被不正好派上用处了吗，还有毛巾被、床单、被套等，一定把红木们三四层地捆得严严实实，包得舒舒服服！

淘宝了几十个纸板箱、几十个收纳袋，装书和小件物品。四季贵贱之衣裳之袍服，赤橙黄绿青蓝紫半人高的拉杆箱塞了十来个。以前看过一个收纳术整理术的视频，这会儿想学，却不知去哪个群里找，否则至少减少两个拉杆箱吧……

扔得可以了吧。接下来的问题是，留下来的搁哪儿？

当家人犯起愁来：毛估估，就是叠起来放，侬晓得伐，起码二三十个平方米。

日历一张张过，能不能按期开工，关乎能不能搬回来辞旧迎新话丰年。

这天朋友伸援手，说有套闲置房旧是旧了点，但放东西绝对没问题。第二天去实地调研：老式公房的六楼，没有电梯，楼梯极其狭窄，弯道极其逼仄。红木家具上得去吗？硬劲上，磕磕碰碰是轻的，大卸八块非让你心疼得跺脚不可！再说那几十个纸板箱的书，死沉死沉，上上下下100个39级台阶，搬运工也是皮肉之躯呀，吃勿消的。

装修工人跟着着急，说有个仓库要不要去看看？下雨天去的，在很远的一处工地上，是个堆放工具的毛竹屋，低矮不说，还四面灌风漏雨，这哪行！

这天家里开专题研讨会献计献策，我献了一个：要不在院子里搭个棚子？当家人听了,韬光养晦状,没接茬。是夜听他电话连线东西南北中,两天后的傍晚,我在厨房耳听得一阵嘈杂声由远而近。隔窗,一个庞然大物赫然。

当家人敲敲玻璃窗:"我租了个集装箱,那些东西,搞定。"

工人们眼都直了:"装修工干了20年,租个'箱子'把家装,头回见哈。"

王斌

美，繁衍的资本

人类不仅是地球上最高级的动物，也是最为特殊的动物。其特殊性有诸多方面，其中之一就是在两性之间做比较，最美丽的是女性。在动物界，这是绝无仅有的。人类所有男性，怎么看都不怎么美丽，部分长相稍好的，充其量也只是帅气而已。可是，在自然界中，几乎所有的动物都是雄性更加漂亮，雌性长得要逊色多了。换句话说，独有人类与动物界相反。

这种雄性之美在鸟类身上体现得最为明显。比如，雄性孔雀开屏之时，可以吸引周围所有人的目光。除孔雀之外，很多雄性鸟类多彩的身姿和飘逸的尾巴是吸引异性最有力的武器。不仅鸟类，哺乳类动物也是如此。雄狮之美远远盖过了雌狮，雄性大象长长的象牙就是威武的象征，相对而言，雌性大象看起来就没有雄性那么漂亮了。

不仅陆地上的动物如此，水中的动物也是这样。喜欢养鱼的人都知道，公鱼到了成年变色之后非常美丽，不是母鱼可以比拟的。

为什么动物都是雄性美丽，而人类却是女性美丽呢？雄性动物之所以如此美丽，其主要原因就是为了吸引雌性。对于任何物种而言，其生存的最主要目的就是繁衍，谁掌握了生育的权利，谁就会在求偶的过程中占据主导地位。很显然，动物界的生育权牢牢地掌握在雌性手里，所以雄性为了能够繁衍自己的后代，只能够"以色事人"，以此来吸引并求得雌性的爱慕。

与动物皆是雄性美丽的现象相比，独有人类相反，根源在于女性的美丽是为了吸引男性。这种现象的出现，是在动物繁衍这个根本问题上，人类的性别角色正好与动物界相反。

从科学的角度来看，大体有两个原因：首先，人类是所有哺乳动物中唯一在全年中每时每刻都可以交配的动物，而其他动物只有在发情期才会交配，而成年动物的发情期是由季节来决定的。人类的交配活动不仅是为了繁衍后代，而且带有明显的社会性质。其次，科学研究认为，只有人类女性可以在这一过程中获得快感，而其他雌性动物并不会有类似的感觉。所以自然界动物的交配活动是雄性单方面繁衍自己血脉的获利行为，而人类则是男女双方一种互惠互利的社会行为，这就削弱了生育权的力量。既然如此，人类男性就不需要用自身的美来打动和吸引女性。

说到此，人们可以得出这样的结论：女性在体形、相貌上相对比男性美丽，其目的也是"以色事人"。从某种角度上说，造成这样的局面，也是人类社会的生物性特征所引起的。

这个结论显然是正确的。因为人类男性在社会活动中占据了主导地位，也就是掌握了更多的财富。特别是在较早时期，男性显著强于女性的身体结构，使男性的创造价值能力凌驾于女性之上。从这一点上说，人类男性不但不需要用美的身躯吸引和打动女性，恰恰相反，掌握财富能力相对较弱的女性要获得男性的青睐，自然只能用美貌来吸引和征服处于强势的男性。

由于这些因素的存在，人类女性比男性更需要美丽来作为自己的资本，是亿万年来物竞天择的生物进化所慢慢形成今天的这种状态，是生物进化不可抗拒的结果。

不过，随着科学的进步和时代的发展，这一现象似乎开始逐渐发生变化，有人戏言，我们将逐步跨入男色时代。之所以会出现这种变化，是因为脑力劳动逐渐取代体力劳动成为社会财富的主要获取方式，从而显著缩短了女性与男性在创造价值方面的差距，男性在社会中的主导地位正在被削弱。因此在异性相吸的过程中，男性的外貌也成为女性更多考虑的一个因素，女性和男性的结合不再是纯粹为了获取生存保障。加上人类文明的不断进步和发展，逐步通过法律、规则、观念等形式，消除性别歧视，而对一夫一妻婚姻制度的确立，以及对家庭中夫妻地位平等的保障，使女性的社会角色越来越具有独立性，女性"以色事人"的必要性越来越低。

所以说，为了秀色可餐而美，既不是女性的专利，也不是男性的专利，谁更需要美是由生存和生育环境所决定的。

因此，人类女性比男性美丽是因为人具有社会性带来的，同时这种现象的出现，还因为它是与其相关联的人的人文性的产物。

人的人文性是人社会性的一种表现形式，是人社会性的组成部分，文化是人文性的根本内容。比如，人类繁衍，除了婚姻保障、法律保障之外，还可以用情人方式来实现。在情人这个问题上，中西方有着巨大的文化差异。在中国文化中，情人是指婚姻以外的两性情爱关系和性爱关系，《现代汉语词典》中解释为："情人是相爱中的男女的一方，特指情夫或情妇。"婚姻内的情爱关系并不叫情人，是夫妻关系。夫妻间称作妻子和丈夫，或者叫作伴侣、爱侣、配偶等，俗称老婆和老公。广义一点，也可将未婚男女的恋爱关系算为情人关系，但从严格意义上说，未婚男女的恋爱叫处对象、处朋友，称作对象，或者叫男朋友和女朋友，不叫情人。然而，在西方，情人概念非常宽泛，无论婚姻内外，只要是男女间的情爱关系，全部称作情人关系。

既然在中国情人是婚姻以外异性间的情爱关系和性爱关系，是情夫和情妇的统称，那么如果有了婚姻，无论男女，哪一方搞情人都是对婚姻的不忠和背叛，都是不道德的出轨行为。

当然，受西方文化的影响，也有少数所谓的时尚人士，把老婆或老公当作情人。有一个现象最为明显，越来越多的时尚人士热衷于过西方舶来的情人节，彼此花钱买礼物互赠，弄点仪式感来浪漫浪漫，给平淡的夫妻生活增加点乐趣，这虽然无可挑剔和无可非议，但也有东施效颦的嫌疑。这些人竟然把中国的情人概念与伴侣概念混淆，把情夫和丈夫、情妇和妻子混为一谈，虽不至于贻笑大方，却也不能说不是一种尴尬。

人类不光具有自然性、生物性，更具有社会性、人文性。情人节是人类社会性、人文性的产物。不管情人节产生于西方，还是如今已经舶来了中国，都是一种文化现象。异性之间以情夫和情妇的实际角色建立的情人关系，并不仅仅是为了种群繁衍，或者根本与繁衍后代毫无关系，而是人类人文性、社会性使然的一种生理、心理和感情需要。动物不具有这种特性，它们只有适应自然的种群性，没有社会性和人文性，所以它们没有情人节，也不可能有情人节。如果动物全都成了高级灵长类的人，懂得过情人节，有了情人及情人节的文化，那么也许和人类一样，都是雌性更漂亮！

有一点不可否认，那就是人也是动物，只是高级动物而已。也像其他动物一样，有代际延续和繁衍的需求。因而女性的美丽，单从整个人类的动物性繁衍进化的角度来看，也是种群繁衍的资本之一。因此女性的美丽，既是为了吸引异性，也是其母性美的一种体现。

正因如此，一个具有母性的女人，任何时候不管其内心还是外表，都有一种动人的美感。毫不夸张地说，女人身上的母性美，最具魅力！

周明

我的少年时光

我的少年时光正处于"文化大革命"中后期。

我出生在泗泾，松江的一座千年古镇。降生地是现在的著名历史名人故居——马相伯故居，后因政府收回，我便随父母搬迁至泗泾一条有名的张泾河边，张泾桥下的一处旧宅里。其实当时住所也是由房管所借予我们的，按月付款。说旧宅，其实就是由一家商店后面的仓库改造而来。原本这里是放盐、油、酒等的地方，我们家一直住到我高中毕业。走入旧宅，要经过一处公共厕所和其后面的公共化粪池，当时人们均使用马桶，故需要各家提桶倒入池中，还有连着的垃圾房，这两处的气味实在是浓烈难闻，尤其到了夏天更盛。

改革开放伊始，父亲单位搞起了住建房，便有了新的居住地，算是公房了，一栋四层楼，一层楼面四户，卫生间公用。"文化大革命"期间，不管是前期还是中后期，抓好政治学习是头等大事。父亲因为是一个单位的小领导，经常夜晚学习；母亲在一家镇办的工厂上班，三班倒，所以我和我姐两人经常夜晚回家做作业。一次夜很深很黑，偏遇上路灯又坏了，我们姐弟俩从外面回家，路过公共厕所，也许是脚步声响惊动了，也许是蹲坑者为了壮胆，在里面大喊了两声，把我们吓了个半死，差点灵魂出窍，一路狂奔，直跑回家，脚都没洗，衣服没脱，直接钻进被窝，蒙头就睡，不敢出声，还在被窝里发抖。每当说起此事，我们姐弟俩无不刻骨铭心。

少年时光主要是指小学的那段时光，泗泾的学校没有全被砸烂，课还是有的上，书还是有的读，只是工宣队进驻学校，学校被革委会统率着，所以学校里也盛行写大字报，表忠心。我，一个小学生，没识几个字，也被老师安排抄写大字报。也许是本人模仿能力强一些，提笔写大字，还像模像样，代表班级表态了，读好书，练好字，争当革命的红小兵。

接着随老师画了一幅水粉画，画的是农村田地一派丰收的景象，这幅画后来在镇工人文化宫工人俱乐部展出，为此我这个小学生激动了好几天。

我本人性格内向，好静，其实也好，那年头静更胜于动。哪有小男孩不喜欢玩、不喜欢动的，每到周末或者暑假，我们几个要好的同学相约去农村、田埂、树林、龙沟去捕捉知了和青蛙，有时会收获不少的战利品。一次暑假，在张泾河游泳，突然一条白丝鱼浮出水面，我便紧追不舍，终于到了石级边把它捕获，晚上一顿大餐，鲜美可口。

也还记得偷骑停在路边的三轮车，仗着自己会骑自行车，但不知三轮车驾驶不同于自行车，故而骑着骑着便把持不住，直接撞到了路边的栏杆，如果没有这个栏杆，那就掉进河里了，自己又摔倒，擦破点皮，惊出了一身冷汗。

小学的最后一年，三位伟人相继逝世，我们都参与了哀悼，特别是传来总理、主席噩耗的时候，我们的老师拿来黑袖章为每一位同学戴上，整个教室里一片哭声。

我们从广播中得知，整个中华大地都沉浸在深深的悲痛中。

达瓦昌吉

达昌，一个普通的藏族姑娘。从安排表中得知有一位陪同做服务工作的人员叫达昌，我们到的那天她并没有来接机，故而未谋面，我们也有些好奇，我们这些人均是第一次进藏，所以这次有人来，可以做一番了解。

到达日喀则的第二天，利用修整日，在汪副局长的安排下，我们一行去扎卡伦布寺考察。当车到达寺门口时，一位中等身材的年轻女子上了车，汪副局长介绍说这就是达昌，将全程陪同我们。我们这才仔细打量起了这位姑娘，身材微胖，但很结实，头戴鸭舌太阳帽，脸很白，眼睛挺大，双眼皮，上眼皮上有一些发亮，一双眸子明亮而有神，时不时眨着眼，似乎与人打招呼，话不多。当我们与她招呼，或者告诉她需要帮助时，她总是微笑着回答三个字，"是老师。"

由于我们队伍中有人高原反应很厉害，所以她不但要陪同好，还要带上我们随时要用的氧气罐及矿泉水。我们进到室内，她一路跟随着手里拎着一个包，里面装着水和氧气罐，看得出来挺沉的。她有时在换手，但看得出这姑娘手指粗壮有力，不像上海的女子手指细长。我们看着有些心疼，有队员要分担一些，想拿掉几瓶水，达昌随口说道："没事的，老师，我能行的。"就这样，这一趟两个多小时，她拎了两个多小时的包。

按照行程去定日县送教三天,我们要准备三天充足的氧气,既有便携式氧气罐,也有重型氧气瓶。当天停好车装瓶时,只见达昌手里拎着氧气瓶从远处走来,似乎一路小跑而来,我们几乎看呆了。

我们这些上海的,从平原过来的男同志,空手走路也气喘,更不用说像她那样手里提着氧气瓶小跑,这真没法比。

达昌一直陪同,不仅要检查氧气瓶的供氧情况,而且当我们入住酒店后,她还要挨个房间放置并调试好,生怕晚上我们缺氧而影响身体。一路上她不时提醒我们要注意吸氧,少说话,走路要慢,尽量不要消耗太大。渐渐地,大家熟了,达昌姑娘的天性就表现出来了,走路蹦蹦跳跳,有说有笑,有时会主动打个招呼,大大的眼睛似会说话。

达昌从小长在农村,她的全名叫达瓦昌吉。读小学的时候来到拉萨的姑姑家,一直读到大学毕业,学的是文秘专业,现在一家旅行社工作,工作时间不长,刚刚踏入社会。

在回沪的前一天晚上,我们突然收到她的一条微信,使我们大家不觉有些伤感,也有些遗憾。她说:"老师们,很高兴在这段特殊的时间里能与你们相遇,一起享受旅途的美景,但是美好的时光,总是那么的短暂,又到了离别的时候了,在这我真诚地祝福大家,我也会把这份真诚的友情永远珍藏在心里。最后还是很抱歉地说,我明天送不了你们了,因为我明天要去参加一场考试。最后真心祝你们身体健康,事业顺利,扎西德勒!"

看完微信,大家感觉眼泪快要掉下来了,原来人与人之间是这么近,汉族与藏族是那么亲。

潘安农

王道士的笑

我与那个叫王圆箓的王道士曾三次"谋面",他都是穿着灰衣布袍,咧着嘴,笑着。

第一次是我读那篇有名的《道士塔》:"我见过他的照片,穿着土布棉衣,目光呆滞,畏畏缩缩。""历史已有记载,他是敦煌石窟的罪人。""他从外国冒险家手里接过极少的钱财,让他们把难以计数的敦煌文物一箱箱运走。"我曾一样"把愤怒的洪水向他倾泻",看到他漠然、狡黠,甚至有些猥琐地笑着,不顾"一个古老民族的伤口在滴血"。我愤然:你怎么笑得出!

第二次,一个盛夏,我朝圣到莫高窟,尽管阴暗洞窟中的璀璨文化使我震撼,但生存环境更让我震惊——它如锅内翻炒过的黄沙,很快炙干了我刚刚灌入体内的水分。导游说,这里的冬天更加严酷,飞沙如刀,寒风胜剑。就在这里,我又一次见到了我不想见又躲不过的王道士,还是那副笑容。我知道了这个王道士奇迹般地从湖北来到荒凉的莫高窟,在这里扎下根,直到终老的40年里,还真的创造了奇迹。

王道士清光绪十八年(1892)前后到莫高窟,之前这里无人看管,年久失修,洞中大量积沙,一片残败。王道士凭着对宗教的虔诚,发下大愿,四处化缘，筹集资金，清沙修窟，成了这里的主人和守护者。莫高窟的标志性建筑是依山起势造的九重楼，最初的督建者正是王道士。单就这飞檐走壁的建筑而言，一个小小道士竟有如此眼界，也不枉为敦煌人。除了莫高窟繁重浩大的清沙工程，还有三层楼、古汉桥、太清宫等设施的修缮，莫不与王道士的名字联系在一起，这是不争的事实。我仔细端详着王道士的照片，他虽不像墓志铭上说的那样"风骨飘然，尝有出世之想"，但也绝非榆木疙瘩，笑得有几分慈祥、几分舒心，还有几分坚毅。

清光绪二十六年（1900）六月二十二日，王道士清理16号窟甬道积沙时，"沙出，壁裂一孔，仿佛有光，破壁则有小洞，豁然开朗"，一间石室展现眼前，里面一层一层堆满了遗书、绢画及其他艺术品等，大致有5万多件古物。一个震惊世界的中华文化瑰宝的密室，在沉寂900多年后，被一个默默无闻的道士偶然打开，一段中华文化的伤心史随之也被打开，"一个巨大的民族悲剧"拉开了序幕。王道士也因打开这个潘多拉魔盒落下千古骂名，似乎要被永久地钉到历史的耻辱柱上。

2017年岁尾，敦煌会计文物精品展就在我工作的松江大学城举办。我再一次见到了微笑的王道士，"不一样的王道士"，见证了"一个小人物的家国情怀"（展览主题）。冲击我眼球的是《千佛洞重修改建各佛洞募化》和《敦煌千佛山皇庆寺缘簿》两件斑驳的王道士募缘簿，这两件敦煌市博物馆珍藏的特殊文物是第一次离开其诞生地敦煌赴外地展出。我看到这个"王阿菩"为了保护洞窟，四处奔波，苦口劝募，省吃俭用，积攒钱财，用于维修建筑。他把文物卖给斯坦因等人，所得钱财全部用于保护洞窟。有人认定他是"敦煌的罪人"，因为他把国宝廉价卖给了外国强盗，而根据对他账簿记录的研究和考证斯坦因、伯希和等人的书籍内容可以发现，他"自奉极俭"，对捐款和卖经卷的钱从未攫为己有，并自觉地做了收支账目，"积三十余年之功果，费二十多万之募资"，悉数用于莫高窟的清理和补葺，比同时代利欲熏心的达官贵人不知要高尚多少倍，所以他粗衣敝屣，笑得很坦然，甚至天真。

我也看到了王道士无奈的苦笑：他拿着经卷找到敦煌两任县令，县令说这是无用的"旧物"；他赶着毛驴经800多里找到安肃兵备道的道台廷栋，廷栋认为经卷的书法不如他的好；他找省府要求保管这批文物，省府说运费需花几千两银子，让王道士就地封存。万般无奈之下，王道士又斗胆写了"上禀当朝天恩活佛慈禧太后"的奏报，但老佛爷忙于造园祝寿，且内有庚子之乱、外有八国联军，哪有闲心闲钱管这破事？可以说，一个不拿朝廷一分钱俸禄，靠化缘维持生计的道士，做了他能做的一切。他不高尚，甚至有点可悲，但这绝不仅是他个人的悲哀，是积贫积弱的国家之痛、民族之哀！

我以为，王道士也不用笑得那么凄苦。学者周国平断言，在当时的社会历史条件下，藏经洞的宝藏只有两种命运："不是沦落异国，便是毁于故乡。"当然，如果王道士没有百年前的那次甬道清沙，而是在今天的盛世中华叩开敦煌瑰宝之门，那更是中华之幸，也是王道士之幸，他一定会笑得合不拢嘴，灿烂而自豪。

台前一捧绿

整整十年，她守我台前，绿娇娘。

十年前，一些花草拿到办公室，姹紫嫣红，千姿百态。争奇斗艳者都被同事抢走，她，不抢眼，嫩嫩的，一身青绿，立在水中，我领了她。衬她的是四方呈喇叭口雕花玻璃瓶，她，素色、素颜、素静、素洁，清水中显露出滋润的灵性。

我没给她特别呵护，只是隔三岔五换点清水，仅此而已。我只做了这么点事，然而她却洁雅着，青春着，蓬勃着……

她的叶永远清润、油亮，充满生机活力。坚挺的茎举着叶，高高的，叶尖是指向远方、高处的箭，向前，向上。工作中，我再疲惫，看看她，也能激发出力量，向前，向上！

翠绿是她的招牌，从鹅黄的嫩绿，到青翠欲滴的青绿，再到老成干练的墨绿，在我眼前营造的是盎然春意，是意念中的茂林，蕴藏着欣欣向荣的雨林气息，我畅想盎然茂林舒缓神经，纯净心灵。因她，我得赏一片绿，长享四季春！

十年，她长大了些，但"不蔓不枝"，疏朗有度，张弛适中。茎紧紧地团在根上，延续着根的血脉，连接着叶的灵魂，"慎终追远，明德归厚"。每片叶都有自己的天空，她们不缠不绕、不绊不羁、不牵不争、不遮不碍，既承根的魂，又享自由空气、明媚阳光、朗朗乾坤，和谐而美丽，昭示人生。

偶尔，也有一两叶枯黄，但她会尽力地缩向根部，悄悄地小下去蜷起来，她不愿影响这激扬的生命、蓬勃的青春，她只想离根近一点，再近一点，最后叶落归根，把她瘦小的身躯化作春泥，滋养曾经育她、养她、捧着她、举着她的母爱之根！

十年，工作部门变迁，其他可以丢，但她，我一直带着。台前一捧绿，伴我常年春，她给予我精神的滋养和心灵的慰藉。

那漂亮花瓶被我打碎了。那天，我要给叶阳光抚爱，把她放到窗栏上。我担心过风吹叶会带翻瓶，但还是放任了。听到重重的捣地声，看到花在"冰"上飘，我悔，既然预估到危险就不该放任之。

惭愧的是，跟我十年，我却不知她芳名，大概是我潜意识里，欣赏她的美，领悟她给予我的人生启迪，形在魂在，名字就不重要了。直到一天与女儿谈起，女儿指了条了解其名的途径：找微博"博物杂志"！我传了她的玉照，很快"杂志"回复，叫金钻蔓绿绒——好一个威风凛凛又柔情似水的名字！

十年，她青春永驻，我则华发丛生。我灌她湛清的水，她涌我智慧的泉。看来，我们要相伴终老了！

侯建萍

冬日三题

小城故事多

水厂东边，有一个浓荫蔽日的小园，是午休散步的好去处。只要有空，我总是喜欢到那里去走走，无论春夏秋冬。只要心怀幽趣，则风月自奢。正月初八，我撑着伞，走向小园。

雨丝变为雨珠，在我的伞上唱歌跳舞。那是带着新春喜悦的雨，那是充满青春活力的雨，那是滋润万物的雨啊！驻足，静静地站在一隅，听雨，望郁郁葱葱。我读到了"墙角数枝梅，凌寒独自开"，闻到了"暗香浮动"的美妙，也见到了"占尽风情向小园"的喜气小红梅。

长廊深处，有人架着琴谱在拉二胡，声音如泣如诉，娓娓道来。一会儿传来悠游柔转、悦耳动听的笛声。这位讲着"阿拉""侬"的退休工人喜欢音乐，我曾跟他交流过。他告诉我："现在退休，工资花不完，买点小乐器，吹吹拉拉，自娱自乐。最近又花了2000元买了一件萨克斯，玩玩西洋乐器。"他还说："多动手，不至于得老年痴呆症！" 在这样的小园里，赏花、听音乐，清欢如梦。

围着小园兜一圈，与分散在各处的五长条不锈钢宣传牌照面。灰底黑字,在枝繁叶茂的小园里虽不起眼,上面的文字内涵却了得。

第一块牌上是白居易的《晚起》:"明朝更濯尘缨去,闻道松江水最清。"我想到了白居易看累了公文后,"闲上篮舆乘兴出,醉回花舫信风行"。诗人是否就是乘着装饰华美的游船随风来到了白龙潭,感慨碧水微澜的"松江水最清"?如今,白龙潭上建成了幢幢居民楼,眼前的通波塘水依然水清清、鸟翩翩。第二块牌:"读万卷书,行万里路,胸中脱去尘浊,自然丘壑内营,成立郭郭。明末松江籍著名书画家董其昌。"而今,董其昌书法艺术博物馆已开馆。松江收藏研究会的朱震老师,也将其所藏的董其昌在南汇香光楼内六条屏书法碑拓捐给了博物馆。他曾告诉我:"我的退休工资是国家给的,衣服是女儿买的,我的生活费每天30元就够了,余下的我就花在收藏上,捐给家乡是应该的。"多么朴实,多么真诚,多么可贵啊!还有三块牌,分别介绍的是西晋松江籍著名文学家陆机,宋末元初著名的棉纺织家、技术改革家黄道婆以及松江古称华亭的来历。这些可都是松江的宝、松江的骄傲啊!

"小城故事多,充满喜和乐,若是你到小城来,收获特别多,看似一幅画,听像一首歌,人生境界真善美,这里已包括……"用萨克斯吹奏的《小城故事》从长廊传来,虽不太熟练,但别有韵味。

才有梅花便不同

当插在美人瓶里的蜡梅花已干枯而枝头却顶出一点新绿时,我想到了顽强,想到了希望,还想到了枯枝再春。无根的枝头也有春天,这便是蜡梅。

我无数次步行在蜡梅绽放的街巷,着迷她的幽香,着迷挂满枝条上如小铃铛的花朵的精致,着迷她带给冬天的亢奋与暖意。有时,我会忍不住向她讨一枝带回家,供在美人瓶里。从此,瓶因花而有了灵气,花因瓶而成就了一幅画;从此,香满一室,淡淡的、甜甜的;从此,我读懂了蜡梅花如同世间众人，生而有不同的脸。有花大色黄，花瓣较圆，中心小花瓣微带红紫色的虎蹄梅；有黄色重瓣，形似金钟的金钟梅；有花瓣较圆，色深黄，心紫色的磬口梅，也称檀香梅；有花瓣尖而形较小，外轮花瓣淡黄色的狗牙梅，又称九英梅；还有花瓣长椭圆形，向后反卷，花色淡黄，心洁白的素心梅，也叫荷花梅。

当蜡梅静静绽放，把芬芳献给每一位经过她身旁的人们时，无论你看或不看，她总是默默地笑脸相迎，仿佛没有经历严寒的虐待，抑或鞭打；无论你闻香或无视，她总是毫无保留地分享着她的芬馨、她的淡雅，或许她的故事就从花香中诞生；无论你折枝或不折，她时刻准备着割爱，轻吱一声，便干脆豪爽地离开主枝，跟你东西南北。

喜欢那一缕悠悠的甜香，喜欢其苍劲的枝条上小花坚挺如蜡染，喜欢她的安静又禅意，还喜欢她充满生机的小不点的绿。

窗外，一抹暖阳，一树鲜绿，还有鸟儿站在枝头的欢叫声；窗内，桃红色的四季海棠花开得热闹，美人瓶里吹响了春天的号角："一株腊木香寒舍，百日金牛福善人。"写一副对联贺岁。

因为蜡梅，春天必将美好！

惜别"12"迎新年

12月，是这一年的收官之月，也是迎接下一年的铺垫之月。

12月，是紧张繁忙的。总结计划，迎新喜乐，长高、成熟，将增岁。

12月，我读到了范缵在清康熙十四年（1675）左右而作的鼓子词十二阙之一。"十二月头风索索，枝头红白梅含萼。扫雪儿童争雀跃。南窗角，鹅团毽子耕三脚。老屋烟尘多拂却，傩装巾髻将钱攫。爆竹灯前相叙酌。今非昨，均田均役人差乐。"时年12月的生动场景与风情尽在其中。

12月，我感受到的是，暖冬叶红貌似秋，街头新衣喜气洋，友朋小聚好茶待，年头不知已年尾。今非昨，日子好过常过年。

12月，我认识了一棵树，如见到了一位朋友。在一朋友田庄，不经意间我撞见了它，只是果实没有曾经见过的那么白、那么多。我欣喜地询问对植物有所研究的朋友，她告诉我此树名乌桕。

知道乌桕树名与上月在皖南大山里见到的那棵树正好相隔一月。那棵树长在高处，有鹤立鸡群的架势，在筋骨毕露的无穷小枝丫顶端开满了星星点点的"小白花"，与低矮处的小红叶呼应，在连绵的青山为背景下，成就了素雅、大气之美，让人陶醉，妙趣横生。我被它满树的"小白花"所震撼，不由得快速下坡后穿过山路近观。原来，那白色的是果实，状如山楂核。在同样喜欢此树的一游客帮助下，我喜获一小枝。小枝有三根小分枝，分枝顶部一个果实分三瓣，相依的部分是平面，外部呈圆形。奶白色的果实，表皮细腻而光滑。当时，我曾为叫不出它的芳名而懊恼。

相见是一种缘分，见就该见识。12月，让我进一步了解了它。原来乌桕树的四季都是美的。春夏拥有一树浅绿的心形嫩叶，娇美可爱。秋天染红的叶片，似火似霞，美不胜收。"巾子峰头乌桕树，微霜未落以先红。"宋代林和清的诗，道出了秋叶经霜时如火如荼的美。"乌桕赤于枫，园林二月中"，陆游写出了乌桕的红叶比枫叶更艳丽，比二月的鲜花更娇美。冬天的乌桕树，只要树籽黑色的外壳全部脱落，一树的白色珍珠远观如细碎的小花，经久不凋，难怪古人有"偶看柏树梢头白，疑是江海小着花"的诗句。乌桕树看似孤寂，但自有一种辽阔疏朗之美。

无意中见识了一棵树，美好；忙碌中惜别12月，迎新。一个惊喜，一点收获，也该是对时间的珍视、回馈与感恩吧！

李烨

松江印象之落扇风摇

行走在松江最古老的街巷，我不敢断定自己是个归人，还是一个过客。也许我的来去，只是为了能够抚摸一下旧日时光的温度，嗅一嗅古老城邑的味道，倾听一下古老市井的喧嚣，抑或只是单纯地自我放逐。我情愿放逐自己，把自己放逐给时间、旧梦。

时空倒转飞旋，岁月里飘摇，飘荡着一首古老的歌谣，我的灵魂像一只飘飞的蝴蝶，伴着如梦似幻的歌谣飘啊飘，摇啊摇！

"夏季到来柳丝长，大姑娘漂泊到长江。江南江北风光好，怎此青纱起高粱……"

歌声没有起点，也没有终点。

我的思绪如断线的风筝追随着歌谣，最终停留在秦时华亭的岸边。

华亭啊，华亭！这称呼落满了光阴的灰尘，却突显出比现代的名字松江多出来的古朴和沧桑。而华亭之于我，隐隐牵挂的竟然还有一个谜一般的名字——孟姜。穿过华亭小邑内的弯弯泾流，穿过秦砖叠起的江南街巷，穿过古老故事时间罅隙，也许迷茫中就为去寻找这个美丽传说的丝缕线索。

"桂棹兮兰桨……望美人兮天一方"，我操着并不熟练的技艺撑起轻舟，向着谜一样的孟姜，向着藏着谜一样孟姜的华亭划去。艳阳斜照，谷水静流，水面泛着粼粼波光，柔媚如三春豆蔻少女的青春的面颊。轻轻滑过，清波荡开涟漪，仿佛少女睁开了明媚的眼眸，审视着华亭的一草一木、一砖一瓦，审视着我这个莫名突兀的访客。我驾船徐行，看不尽两岸报春花的殷黄、常青藤的柠绿、山茶花的绯红，我的轻舟载上了泾流两岸的花香和布谷鸟勤劳的唤春之声。

　　弃船登岸，策马徐行。哒哒的马蹄声，敲响了石板路，传达着我这个访客的诉求。我穿过夹竹桃掩映的街巷，穿过流水潺潺的石桥，询问一位位华亭的原住民。"孟姜安在？""可否安好？"打开又合上的门声，像一声声悠长的叹息。"孟姜不在。""唉，孟姜！"我不由得心头一紧："那孟家和姜家呢？"手指尽头，两处残垣，一地瓦砾。故事的结局我虽然了然于胸的，但错过，毕竟让人感伤。"落扇池安在？""城东谷阳门邱家之侧。"我要去凭吊一下那个曾经的旷世红颜和她缠绵悱恻的爱恋。

　　其实，落扇池本无名，不过池塘一陂，然因池水清幽、花草繁盛而吸引华亭男女春季赏花踏青，落扇池得名于春天，亦得名于孟姜。

　　旧梦重温显然是必要的，那该是早春三月，如今已错过了时日。

　　江南的早春也是美的，华亭之春天尤甚，落扇池则更胜一筹。

　　那年三月三，风筝飞满天。池畔爬满嫩草，绿茸茸的，锦绣般延展。各色鲜花在草间绽放，争抢着春天的风头，此消彼长，氤氲芬芳。小鸟和蜜蜂是这潭池水和这片花草的席间不速之客，分享着明媚的春光。这一潭池水啊，风动一潭碧波，涟漪摇曳，碎金如瓦；风静一块明镜，明媚鲜亮，照得晕太阳和月亮。人们脱下厚厚的冬衣，换上轻暖鲜亮的春装出门踏青。小伙子们更是兴奋不已，这时节是他们一年之中最能够近距离接触姑娘的时节。他们欢唱着"出其东门，有女如云"；"出其闉阇，有女如荼"，把青睐的目光投向心中的爱恋。苏州青年杞梁恰逢三月佳节，心随春动，亦想饱览华亭春色，于是随着人流，穿街过巷去往东门。路遇香车一乘，香气如兰，杞梁不觉痴迷，逐香而行，径直来到落扇池。一妙龄小姐手执团扇，翩然下车。杞梁不觉神魂迷乱，缀行甚远……

落扇池边春风拂柳，蝶彩花芳，池涨春潮。

不意狂风骤起，小姐团扇落水，华容失色。杞梁奋不顾身，救起团扇……

于是，故事就按照我们的习惯思维发展下去……

于是，一切都很美好……于是，这潭池水就有了落扇池之名。

我站在落扇池边，落扇池依旧美不可言，而我的泪已成行。落扇池真是幸运的，它见证了人世间最美妙浪漫的相遇；落扇池也是不幸的，因为这对因它而相知、相恋，直至结成良缘的佳偶，却在命运的波涛中双双溺亡。

我遐想着那一天杞梁与孟姜的邂逅，遐想着他们洞房花烛传奇般的幸福，也遐想了他们未来生活的苦难和无法面对的忧伤。我的脑海里，飞旋着山巅沟壑上攀缘长城的断壁残垣，飞旋着山海关外随潮汐涨落的坟茔（石块），我仿佛看到城墙中杞梁的森森骸骨，仿佛看到纵身大海以命相搏的孟姜，我的泪难以控制……

迷惘中，我又听到这首歌谣："冬季到来雪茫茫，寒衣做好送情郎。血肉筑成长城长，奴愿做当年小孟姜。……"

我迷茫的双眼试图追寻这时空里的歌者，可歌者竟无处可寻。我知道，这歌声就飘散在无限延展的时空里，飘在多情人的耳畔，也飘在善良人的心头。

倪红霞

我的母亲

1932年9月25日，母亲出生在东北的一户贫农家里。母亲是家里第八个孩子、第二个女儿，同时也是全家的宝贝。

母亲家附近有个学堂，母亲从四五岁开始就喜欢往学堂跑，坐在学堂外的地上，听学堂里的读书声。就这样母亲在学堂外，慢慢地长高了，可以透过学堂的窗口，听先生讲课了。先生讲课时，母亲手里拿根树枝一边听，一边在地下画。母亲最大的愿望就是能上学堂读书。

八岁那年，母亲的求知欲感动了学堂的先生，先生让母亲坐在学堂最后的位置上旁听。姥爷时不时送先生一点小米作为学费。

母亲学习很刻苦，买不起本子就以地为纸，以木棍为笔。放学后，不停地在地下写呀，画呀。

母亲是学堂里学习最好的学生。有时候，先生也会奖励母亲一个本子、一支笔。

母亲在学堂学习了5年，13岁那年被招回家里，做家务。母亲虽然不能去学堂学习了，但是一有空还是往学堂跑。先生会给她一些旧书，母亲拿到这些书，如获至宝，如饥似渴地学习，不会的地方，就去请教先生。

1949年10月，中华人民共和国成立，母亲17岁。17岁的母亲去找政府，表达了求学的愿望。

1950年，18岁的母亲经考试合格，被政府推荐到师范学校读书。

每次去读书的时候，姥爷都会给母亲背上一袋小米。母亲用小米换些零用钱，作为日常的书本费。

母亲读书时，住在我大姨家。大姨家孩子多，母亲放学回来还要帮助大姨做很多家务，完成家务后，母亲才能学习。为了节省车费，每天凌晨5点多，母亲就要徒步两个小时去上学，放学后再徒步回来。

母亲的求学之路充满了艰辛与困苦，渴求知识的母亲以惊人的毅力完成了学业，成为一名人民教师。

1954年12月19日，母亲结婚了，父亲是一名中国人民解放军空军的转业军人。新婚不久，父亲响应党的号召奔赴四川攀枝花建设钢铁厂。从此，母亲和父亲开始了长达26年的分居生活。

自1958年开始，我们兄妹三人相继出生，母亲一边工作，一边抚养我们。

我是最让母亲操心的孩子。三岁的时候，得了肺炎，被多次告知病危，是医护人员把我从死神手里夺回来的。

由于小时后得过肺炎，很长一段时间，我的身体都不好。记忆里，每天早上母亲牵着我的手去上班。母亲先把我放在学校的收发室里，等母亲上完课，再领我到附近的医院打针。打完针，我就挂着钥匙回家。

童年，我去得最多的地方就是学校的收发室和医院。上小学后，因为体弱多病，我不能像其他孩子一样上体育课。每次上体育课，我都会很孤独地坐在一边看同学们上课。

母亲为了能提高我的免疫力，让我成长为一个身体健康的孩子，每天凌晨5点就把我唤醒，让我的脸扎进冷水里，做深呼吸。深呼吸后，出去跑步。就这样锻炼了两年，我奇迹般地健康起来，后来体育竟然成了我的强项。

记得上初中时，学校组织长跑，我竟然跑了个全校第一名，得了一块方格手绢。我高兴地把这块手绢送给了母亲，母亲高兴地把我拥在怀里，抚摸着我的头。那一刻，我感到母亲的怀抱是世界上最宽大、最温暖的地方。

因为父母分居，母亲常常带我去四川探亲。我六岁的时候，就去过北京，在天安门前照过相，那是我小时候最为自豪的事。因为经常出远门，我成了孩子们当中见多识广的那个小精灵。

母亲不仅给予了我生命，还给予了我健康的体魄和良好的品德。

小时候，经常会拉警报，警报一响，无论白天黑夜，都要进防空洞，因此修建防空洞也是一件大事。有一次，母亲带领学生修建防空洞的时候，遇到了塌方。为了保护学生，母亲的左腿被砸伤，留下了后遗症。母亲拖着一条病腿一直坚持工作，养育孩子。

本来养育孩子就够艰难的，母亲还把年迈的姥姥也接到家里来赡养。姥姥在我家的时候，母亲教我们一定要尊重老人，每次吃东西的时候，总是把最好的给姥姥吃。

母亲教诲我们说："每个人肉体里都藏着无数个未知的我，这些未知的我都很了不起。但是当我们遇到事情的时候，常常是还没有开始尝试，就用'我不行'这句话把未知的我给枪毙掉了。"

记得我的著作《好孕来临——预约一个健康的宝宝》出版前需要插图，我对插画师的插图一直不满意。

母亲就对我说："红儿，你为什么不试试自己画呢？"

我说："我从来没画过呀！"

母亲说："不试试怎么知道自己不行呢？不要过早地枪毙未知的我。"

于是我就用了一个月的时间，画了88幅小插图。这些插图生动、温暖，能够准确地表达文字的思想。

当88幅图诞生后，我紧紧地拥抱母亲，感恩母亲的鼓励，母亲让我又一次成长。

我每一次出书，母亲是第一位读者，她戴上老花镜，一字一句地反复阅读，书稿上留下了母亲密密麻麻的修改意见。

母亲常常给我惊喜。2017年3月6日是我的生日，母亲去上海图书馆朗诵亭，朗读我的作品《金色的蜗牛》，这是母亲送给我最好的礼物。那天母亲还被记者录像采访，留下了珍贵的影视纪念。

今年，母亲88岁了，身体健康，思维清晰。我很幸福还能常常和母亲交流思想，每一次的交流都有新的收获。

母亲是善良的、勤劳的、智慧的，在母亲的身上有一种坚韧不拔的精神，这种精神一直鼓舞着我。

母亲不仅是我的知心朋友、我的导师，更是我生命的守护者，是暖，是爱。

吴文利

绿马甲红帽子

"好雨知时节,当春乃发生。"一夜春雨,惊扰梦中人。

晨起,见家父正静静地站于阳台,两眼望着窗外那绵绵细雨,喃喃自语:"'七九八九雨水节,种田老汉不能歇。'今日雨水了。"家母闻听,插话道:"现在又不种地,瞎操个啥心?""老古话,随口讲讲呀,又不犯法!""啥人讲你犯法啦,大清早就站在这里看下雨,脑子坏啦?""秀才碰着兵,有理讲不清,不与你讲哩!唔要值班起哩!"老两口半真不假地斗着嘴,蛮有意思。

前不久,家父辛辛苦苦在小区外围的荒地上翻垦的菜地被大整治铲除了,心疼了好几天,失落了好几天,整天唉声叹气,眉头紧锁,时不时对家母呛上几句。一屁股能坐满的菜地留着农人最后的一点寄托,曾经的老邻居靠这方"舞台"聊着家常,维系乡情。

后来,家父还是天天转到菜地去看看,他习惯了晨曦里,听鸡犬相闻的轻歌;晌午时,观袅袅炊烟的曼舞;夕阳下,赏鸟雀归林的合奏。慢慢地,我发现他情绪似乎有所好转,日日有新闻"发布":蔬菜地推平啦,种草皮啦,植香樟树啦,铺小路啦,小公园蛮灵格,等等。农村留给老人最后的念想正一点点被挤出去。无奈、失落伴着惊讶、喜悦,搅得他五味杂陈。

再后来，家父带回来一件绿色的志愿者马甲和一顶红色的帽子，笑容挂满了饱经沧桑的脸。原来，居委会的工作人员见他们几个老人天天到那里去转，就邀请他们当起了护绿志愿者。家父成了这支护绿小分队的首任队长，老哥老姐们又能在一起叙叙家长里短，顺带为社区出份力、发点光。最后，家母没经住他的"诱惑"，也加入了他们的团队。家父常在我面前显摆："想当年，我可是学雷锋标兵，还是青年突击队的队长哩！"

其实，家父并非种田能手，农活处处不如家母，常常被隔壁邻舍取笑为"白脚爪"（不会种田），但，家母就是崇拜他，处处宠着、让着。究其原因，家母是个半文盲，而家父算得上是个小知识分子。初中毕业于松江一中，因家贫而辍学，挑起了一家人的生计。干过土记者，教过书，说过农民书，任过副业小队长，种过蘑菇，养过兔子，做过木匠、篾匠、泥水匠……用家母的话说："十八啦头，样样会，不过猪头肉三勿精，老古话一点不错，行业多来不长家。"

如今，装扮一新的"舞台"吸引了更多的大爷大妈，那里成了娱乐中心、交流中心、信息中心。李家爷叔前几天走了，发出去寿碗木牢牢（很多很多）；郭家小子又添了个九斤姑娘，结棒（厉害）哇；金家婆媳妇又吵相骂（吵架）哩；听说养老金又要上增加了，蛮开心；新闻里讲，松江要建全市第二大火车站啦……东搭黄浦西搭海，有一搭呒一搭。

绿马甲红帽子们两三人一组，一手执长夹子，一手拿塑料袋在"口袋"公园内捡拾垃圾，时而停下来与遛弯的居民们打个招呼问个好聊上几句；时而规劝一下遛狗不拴绳的主；时而扶一扶被踩歪的花草。这些个老爷叔老阿姨已成了社区里一道流动的风景，这道风景也时常出现在路口、街区、广场。

"满树和娇烂漫红，万枝丹彩灼春融。"社区变美丽了，父母变年轻了。

顾夕

远去的渡口

十岁那年,我随外公去吃喜酒。路上,要渡一条河。河面不算宽,但是由于靠近黄浦江,风浪比较大,小船在河面上飘荡,晃晃悠悠的,看得人胆战心惊。

那是一条小舢板,人们即便紧紧地挤在一起,也只能坐十来个人。在河里,它就像一块塑料泡沫一样无足轻重,一个浪头就能让它上下颠簸几十下。好在船工技术娴熟,摇橹划桨,破浪前行,倒也有惊无险。不一会儿,就来到渡口。说是渡口,真有些抬举它了,不如说它是个河埠,2公里外才是真正的渡口——米市渡。既没有遮风避雨的房子,岸边也没有护栏,只是打了个木桩,用来系缆绳。船靠岸,往岸上铺块窄窄的小木板,供人上下船。此时,船虽然已经停下,但波浪像个调皮的小孩,把渡船当摇篮一样玩耍,一刻也不肯消停。外公看我有些害怕,用力抓紧我的手说,别怕,孩子,这点风浪不算什么。说话之间,大家纷纷登船,我来不及犹豫,被人群裹挟着上了船。

船工是个饱经沧桑的男子,皱纹深深地刻在脸上。由于风吹日晒,他的皮肤显得黝黑,但他的眼里放射着自信的光芒,因为他对渡船太熟悉了,把它当成胯下的坐骑,知道它的脾性,当然知道怎么去驾驭它。在他的操纵下,渡船像一个听话的孩子,左转右拐,前进后退,特别顺从。随着他的一声"走",渡船向对岸驶去。

我坐在船舱,看着船时而往上弹起,时而向下跌落,心里忐忑不安,生怕船要翻了,吓得要哭起来。我紧闭双眼,双手用力抓住外公的手,努力保持身体平衡。船工却泰然自若,仿佛什么事情也没有发生,依旧不慌不忙地应对。他摇橹时恰到好处地掌握着用力方向,巧妙化解波浪的冲击,使渡船保持着相对的平衡。渡船就像一条小鱼,轻轻松松地向前游去。不一会儿,船到对岸,停稳。船工一声"下",把我从惊魂未定中唤醒。我拍拍胸口,如释重负,踏上跳板来到岸边。

那天的宴席持续时间比较长,不知不觉太阳已经下山,寒风肆无忌惮地扑来,发出呼呼的声音,让我感到有些害怕。外公有些着急,絮絮叨叨地埋怨我动作迟缓,拖延时间。外婆说,这么晚了,船工肯定收工了。看来只能绕路了,那样至少得多走五六公里路。对一个十岁的孩子来说,这简直就是一次长征。天越来越暗,风越刮越大,我的精神几乎要崩溃了。外公说,不管怎样,还是往渡口方向走,希望船还在。我们将信将疑,极不情愿地往前走,生怕走冤枉路。走了1公里左右,我们向着渡口的方向高喊:"有人吗?"出人意料的是,远处传来了响亮的声音:"在的。"我兴奋得蹦了起来。我们一路小跑,赶到渡口。"早上看到你们一家子摆渡,知道你们走亲戚去了,所以我一定要等你们回来,不然你们要绕很远的路。"外公说:"阿发,你真是个好人,你在寒风中等我们,吃了不少苦,我们真不知道该怎么谢谢你。"阿发没有多说话,只说了声"走",渡船就向对岸驶去。奇怪的是,尽管船还是颠簸不停,我却不再感到害怕。不一会儿,船到对岸,我们挥手告别船工。

今年秋天,我再次来到当年的渡口。这里已经旧貌换新颜,几乎无法找到当年的痕迹。我继续往前走去,来到2公里开外的米市渡。这里曾经喧闹异常,是松江地区黄浦江两岸人员往来的重要通道,现在却寂静无声,除了两个高高矗立的大铁锚、几间斑驳陆离的低矮平房、几艘静静停泊的破旧铁壳船,再也没有其他见证渡口的物品。岁月无言,别说是无名的小渡口,即便是像米市渡这样名噪一时的大渡口,都已经湮灭在历史的尘埃中。在它们的旁边,松江境内横跨浦江的三座大桥早已拔地而起,贯通南北,让数不胜数的人流、物流快速跨越天然屏障,奔向远方……渡口已经成为遥远的记忆,消失在我们的生活中。虽然我怀念渡口,但更为它的消失而感到高兴。

赵靓

外婆，我又想您了

一个冬天，我接到妈妈的电话，说外婆骨折了，躺在床上。我感觉不妙，迅速从上海赶到外婆家。外婆在床上躺着，气息奄奄，大家都在为外婆准备后事。

我要救回外婆，先是拿着骨折的片子去找医生，然后决定到妹妹所在的医院治疗。我唯一的意愿就是挽救外婆的生命，我的信念是她可以活下去，我甚至多次预设过外婆能活到100多岁。我告诉自己这不是异想天开，假以条件，或许真的可以做到。

外婆恢复后，我想租个院子，但没有这方面的信息，只好租了个楼房，铺了塑料革地板，又买了台小电视。我去医疗器材店买了一款助行器，这样外婆可以扶着走路。

但这个时候外婆已经有老年痴呆症了，她不认识我了。我耐心地跟她讲，她还会明白，但过会儿就忘了。我妈妈说："你外婆现在是傻了，她要是知道这么大的外孙女还没有成家，不知该多担心呀！老人是你自己过得幸福她才安心呀！"我回上海之后，外婆主要由我妈妈照顾，我也利用假期一年回去一两次照顾，但时间很少。

2007年1月底，我的女儿出生，远在福建。一天，我接到妹妹的电话，说外婆馒头都不吃了。我一听，马上买好机票，带着六个月大的女儿赶回洛阳。

我决定在洛阳租房子，这样可以让外婆享受到好的照顾。因租不到一楼，我只好租了个二楼，把外婆接过来，尽心照顾，外婆身体又好转了。但外婆早就不认识我了，晚上经常吵着要走，让把她给送回家。因是二楼，外婆出去活动不方便，我便寻思着给她换个地方。

后来终于找了个一楼搬过去，据说那房子里以前死过人，从小怕鬼的我不知哪来的勇气竟然敢住，也许是孩子给我的陪伴和勇气，同时我接来80多岁的大姨妈一起住，好有个照应。妹妹也在附近，每天过来看望帮忙。外婆晚上还会起来，问这是哪里，一定要走。次数多了，有时我也会有点生气，但马上告诉自己外婆病了。

外婆的听力比以前更差了，但讲话很清楚，可以和所有人对话聊天。对以前的事情还记得很清楚，只是没有最近的记忆了。外婆除了走路不便和有老年痴呆外，可以说是最好照顾的老人。

其间，我带外婆到王城公园，她很喜欢吃我在公园门口为她买的炒凉粉。

不巧的是，租的楼房要大修管道，生活已非常不便，再加上福建那边又有些事情，我只好退了房，把外婆送到大姨妈家。我要随车回洛阳了，望着外婆扶着助行器无助的眼神，我纵有万般不舍，但我又不得不走，没想到这一走竟成了永诀。

回福建后，我一直在问妹妹外婆的消息。半年后，妹妹才告诉我，我走之后一个星期，外婆就去世了。妈妈担心我在哺乳期，怕我情绪受影响，所以一直瞒着我。她知道我的性格，一定又要带着孩子回来。

原来，外婆只在大姨妈家住了一两天，就被接到三姨妈家去了。有天早上，三姨妈发现外婆去世了，神态安详。

外婆常年与我们生活在一起，我是由外婆带大的。外婆生病后，也主要由我妈妈来照顾。我虽是孙辈，但在我的观念里，外婆就是我的家人，甚至比我父母还亲，照顾她是我的责任。外婆去世后，我深深地自责，自责自己没有在外婆最后的时光陪着她，让她独自离世。

  清明前夕，我总会梦到外婆，有时是在狭长古朴的巷道，有时是在一个方方正正的院子房间里，我努力寻找，外婆的身影模糊又清晰，醒来却是梦一场。

徐俊国

鹅的花园（节选）

怀着一颗星辰大海的心，我蹲下来观察小小的灯笼花（学名应该是蔓性风铃花）。很吉祥很喜庆的植物，一盏盏微型灯笼，悬吊于每个叶片的腋下。

雨的悲悯，不是浇灭，而是洗净和擦亮。每个小灯笼，都挂着一粒晶莹的小水珠。

哦，即将开始的一天，无声的滴答。

美好的事物，总比不美好的事物，多出一朵灯笼花，所以我还愿意爱这个世界。

我的爱微不足道，春风、雨露和柳梢。

一日隐居，等于读陶潜诗一首。人间苦厄，眉头滴落。

在强硬和霸道的事物面前，如如不动；在柔弱可爱的事物面前，保持爱和敬畏。手有利斧，不事砍伐。梭罗哥哥说："感谢上帝，他们无法把云彩砍下来。"

有人忙着开花，有人偷着摘果，一群人哭着播种，三个人笑着收割。

我们所信仰的东西，正是我们的软肋。比如道义和良心，比如静穆而神圣的语言，伟大而美妙的修辞，如遇砍伐，我们要站起来，成为云彩。

继续发芽的有：香椿、爬山虎、蔷薇、铜钱草、灰灰菜、韭菜……夜以继日，见光生长。十天前种下的丝瓜，昨天移栽的山药根，都很给面子，长势喜人。

唯一让我着急的是扁豆，因为偏爱，今年种得太早，喂了它大把的肥料和时光，懒洋洋，不肯长。晚春了，腰部的豆瓣儿还没褪掉。衣衫不整的几片早叶，被虫子啃得杂乱无章，没有一点儿艺术感。

我从虫子的角度想了想，虫子可能嫌弃叶子的形状不美观。不爱吃，就胡乱啃几口。

金黄金黄的小虫子，很小很小，米粒的十分之一？还要小，小得不像一粒生命。凑上去可以看清，黑色的斑纹，透着亮光。

正在晨读叶威廉的《庞德与潇湘八景》马远《山径春行图》这一页，古柳依依，春意萌发，"避人幽鸟不成啼"，空间迷蒙而辽远。眼见着小虫从柳梢一直爬到弯腰抱琴、步随主人的童子头顶，而童子不知。我轻轻吹口气，把它送走了。

小虫子太小了，我这口气，算是一股狂风，够它领受的。

鹅的花园尽是朴素的花花草草，没有名贵草木，面积也限制了它不可能有落樱如雪之美。

这个袖珍型的自然世界里，最高的是香椿树，曾经用卷尺量过，三米二。我还是感觉它太高调，春早，锯掉一大截。自己喜欢的事物，朝夕相处，不用仰视，舒服。

截下来的顶枝，没舍得扔掉。属于树的，还给树。依着树，深插于旁。

嫩芽依然在，好像还在呼吸。矮是矮了一点，终归是安全的，楼顶高，易遭台风摧折。这些天发现，它窜芽比去年多，略有安慰。

川端康成曾凌晨4点醒来，发现海棠花未眠。发现花未眠，多么难能可贵的凝视呀。"它盛放，含有一种哀伤的美。"为什么不是惊喜和赞叹？即使雷诺阿临终说："只要有点进步，那就是进一步接近死亡。"花未眠也与哀伤隔着一定的距离。花未眠，难道是预知凋谢之宿命，不舍昼夜地争取活下去的时间？发现花未眠，难道是作家独自一人的"美的开光"？

上学时读到这篇美文，心中涌动着青春岁月特有的说不明白的伤感，浓烈得诗兴大发，终究却没能写出一句像样的诗来。后来接触到日本的物哀、侘寂和幽玄，才大概懂得了川端康成的美学。

物哀的前提是，物之美，心之不忍：朝露与幻美、瞬息与永恒，万念俱灰前樱花入魂的寂灭。

再后来，读到高桑阑更的俳句，忽然认定，"日光穿透睡蝴蝶"，最配花未眠。

趴在《诗与它的山河》上小睡，自然醒。翻了翻李志勇的绘本《夏天守则》，读了几页《心的深处有个宇宙》。又，斑鸠又叫。想起《鲸鱼安慰了大海》中的一句话："我想我会用短短的一生，怀念那长长的一瞬。"怀念谁呢，哪一瞬间呢？

春困，梦多，寂寞多。寂寞是梦里那只毛茸茸的小兔子，往夏天的花丛中去，经过鹅的花园时，只剩尾巴。

浇菜，打扫小园，一小堆花瓣，归拢于蔷薇根部，顺便盘了盘花枝。几天没管它，又伸出木栅栏。挖了几十个樱桃小萝卜，浸在水桶里。摘香椿，摊开笋干，继续晒。暮春是春天的尾巴，春天尾巴上的事，全是美好的事。

明代陈老莲，中秋夜，酒醉作《隐居十六观》。访庄、酿桃、浇书、醒石、喷墨、味象、漱句、杖菊、浣砚、寒沽、问月、谱泉、囊幽、孤往、缥香、品梵。

16件事，16种生命状态，我都爱。按照诗人沃尔科特所说："一种诚实的写作，范围不应该超出30平方英里。"那么，从"鹅的花园出发，在30平方英里的人世"，忙生存，回到鹅的花园，种菜、养花、读书、画画、写作、发呆，听一些没有远大志向的音乐，也算是生命的诚实。"和喜欢的一切在一起……有酒有肉有菜吃"，"就连猫也瞧不起我"，又有何妨？

"你说，什么样的诗人，才能在自己所写的海里游泳？"（寺山修司《路程3》）雨后空气新，整个早晨，我一直用蔷薇的花香呼吸，"我以为我将永生！我被裹在欢欣的肉躯中，宛如青草裹在绿色云海里"（罗伯特·勃莱），但我无法把"幽深无世人"（裴迪）的静谧和"尘埃般永生"（罗伯特·勃莱）的自足写成诗。

为了一首诗去写花香，会耽误我在花香中呼吸。即使我真的写下花香，也不能在自己所写的花香里呼吸。此刻，我呼吸所用的花香与诗歌写下的花香，一种是现实之美，一种为美学之梦。

可写之物、之美、之诗、之梦，一个词从一个词里解放了现实，一层一层脱掉形状——大海出现了，而诗人已无法在自己所写的大海里游泳。

当创造梦和诗的人忽然领悟到，做梦和写诗会让自己丧失生命欢欣的初心：无法在美里闻到物之花香，那么做梦和写诗，可能会被忽略。

花瓣簌簌飘落，有的飘在苋菜、茴香和韭菜叶上，为绿油油的生长送上粉红的儿童饰品；有的落在我的头发上；有的擦着耳郭，带着时间的微痒。如果一个人独处，花瓣飘落在身上，千万不要多想，一想就物哀了。

梭罗借了一把斧头,在瓦尔登湖畔建了一座小木屋,梭罗在瓦尔登湖畔住了两年零两个月又两天。

诗友送我两棵葡萄,为了虚拟葡萄秋风圆月的生活情境,我发扬燕衔泥的精神,用一把木锯和一些旧木头,在大仓桥附近的楼顶创作了鹅的花园。仅买土的钱,前前后后花去上千元。有点贵,但不心疼——这是能让花草菜蔬活命的东西哦,我一袋子一袋子背上六楼。

我已经在鹅的花园隐居了十年,虽然两棵葡萄已死,我还是打算继续生活在这个乌托邦里。它不是空想,而是真实存在。一个自然主义者一草一木亲手构建起来的灵魂栖息地,一个文人退守到最后的精神根据地。如果说书籍是可以随身携带的小型避难所,那么鹅的花园就是可以在里面养花种菜的蜗牛壳。

远方并不一定有诗,桃源可能近在眼前。苟活也好,隐居也罢,宠辱不惊,去留无意。木质空间,棉布时光,清风明月,粗茶淡饭,眼前花开花落,胸中云卷云舒,顺从农耕文明的召唤,归去,归去,努力活成古人的样子。

鹅的花园不大,足以安放一颗心。我有60平方米的寂静,倾盆而下的鸟鸣,四时更替,生命荣枯,草上蜗牛产卵,头顶星斗不灭。

洪丽

追风筝的人

北方的夏天凉爽、舒适、怡人。暑假的时候不用帮大人农忙，小孩子可以撒开了欢儿地满世界疯跑。整个村庄只有两条街道，东西不过500米长。地处平原，没有河流、湖泊，甚至连条小水沟都没有，清一色的泥土路。除了道路两旁高大、挺拔、俊秀的白杨树林，百余户的村庄，被大片田地包围。大人们根本不用担心小孩子会跑远、跑丢。

每天就在方圆几百米的村庄里转悠、玩耍，找个合适的空地和小伙伴丢沙包、跳格子、跳橡皮筋。口渴了，水缸里舀一瓢凉水，咕咚咕咚灌下去；饿了，到菜园子里揪一根黄瓜，摘一个西红柿，用手抹两下填进肚。小学毕业以前我去过最远的地方是3公里以外的小镇，那里是我见过最繁华的地方。赶集的时候，镇上唯一的主街上挤挤挨挨都是人。卖衣服、日用品、农具、蔬菜、熟食、老面包和油炸麻花，简直应有尽有。儿时的我们没有自主权，在人流里挤来挤去，直到尽头没有了摊位，才意犹未尽地转回身，收起贪婪的目光。

当城里少年出现在村庄的时候，陌生的面孔，迅速成为众人瞩目的焦点。"城市"两个字像是贴在他身上的标签，一言一行变成了风向标，每个孩子都自动像他看齐。他很快学会了农村孩子弹溜溜、扇纸片、玩泥巴、爬房顶、上树、掏鸟窝、捉蚂蚱的游戏，而且玩得游刃有余，还别出心裁自己动手做风筝，和心灵手巧的哥哥一拍即合，成为默契的搭档。

扎风筝骨架的竹篾，北方人家少有。第一次去知青王大爷家里讨来，尺寸计算不足，材料不够，没能做成；又去讨来，糊出来的风筝头重脚轻，架子捆扎不牢固，风筝还没等飞上天就散了架。少年抹去头上的汗珠，汗衫敞开着，飞奔出门，熟门熟路一个人径自理直气壮地前去讨要："大爷，剩下的竹篾都给我吧。"然后举着一大捧竹篾，心安理得地回来。

我对他脑海盘桓的念头常常百思不得其解，对于一个满脑子新鲜、奇妙想法的玩伴，却猜不透他的心思，插不上话，帮不上忙，这着实令人苦恼和不安。

少年细心地将竹子用菜刀劈薄削匀，再用棉线将架子扎得结结实实，糊上自己亲手画的蜻蜓，哥哥用木头刻了一个卷轴，绕上长长的线，一个崭新的风筝终于大功告成。

天空蓝得无可挑剔，阳光毫不吝啬地倾泻在每一个屋顶，高大的白杨树在街道旁排开，小狗慵懒地蜷卧在树荫下，见有人来，机警地竖起耳朵。

他举起风筝，黄色的风筝，腹部有黑色条纹。将风筝高举过顶，仿佛一个运动员高举着火炬，他舔舔手指，然后顺风跑去。哥哥手里的卷轴转动着，直到少年停下来，在20米开外。像是接收到了信号，哥哥猛拉两次线，少年放开了风筝。不消一分钟，风筝扶摇直上，发出宛如鸟儿拍打翅膀的声音。

我们一群孩童呼啦啦跟在后面雀跃、奔跑、傻笑、顿足、尖叫、拍掌、欢呼，围在前后左右，推推搡搡，挤挤拥拥，跟着得到的快乐，一点也不比亲自参与的孩子少。

少年接过哥哥手里的卷轴，敏捷地双手拉紧风筝线，收放自如。"蜻蜓"一会儿轻盈如春燕，从水面掠过；一会儿矫健如雄鹰，在空中盘旋。忽上忽下，忽快忽慢，能滑翔、会点水，翅膀稍一抖动，还能来个急转弯。

正当大伙儿目不转睛看得惊心动魄之时,"蜻蜓"陡然乱了方寸,不小心刮到了树枝上。慌乱中,由于用力过猛,风筝脱离羁绊,自顾随着风力,往东北方向飘去。男孩撇开目瞪口呆的人群,跑过那些狭窄的街道,斜穿过高低起伏的垄沟垄台,似一把利剑,直刺向广袤的黑土地,在我眼中,切割出一条明亮的光带。

乡下的孩子,相对比较封闭,见识要比住城里的孩子少,纯真、朴实、天真、无邪。客居的少年,带给我的快乐犹如儿时第一次沐浴,从头淋到脚的感觉,清明、灼热、紧张、惶恐,忐忑又不知所措而后酣畅淋漓。

美籍阿富汗裔作家卡勒德·胡赛尼在《追风筝的人》里说:"许多年过去了,人们说陈年旧事可以被埋葬,然而我终于明白这是错的,因为往事会自行爬上来。"回首前尘,我意识到在过去的40年里,自己始终在窥视着那个奔跑的背影,那个在野地里追逐风筝的人。

前年,在临县路边摊上买了一个近2米长的七彩风筝。"赵客缦胡缨,吴钩霜雪明。银鞍照白马,飒沓如流星。"我身背风筝,乘公交、挤地铁,像李白《侠客行》中身背利剑的侠客,独闯江湖。

风筝买回来,一直闲置在家。夜里我梦见自己在小区后面学校的操场上,人头攒动,风筝线如纵横交错的蜘蛛网,纤细的丝仿佛将天空切成了密密麻麻的小块,压抑、窒息、令人绝望。

初春,当友人约我去辰山植物园游玩的时候,我一口答应。4月的江南,已是莺飞草长,杨柳拂堤,到处都萌发出绿茸茸的春意。我们入园时,草地上早有了许多追风筝的身影,孩子们跟在大人身后奔跑笑闹,五颜六色的风筝在碧空里轻舞飞扬,让天空平添了几分灵动。

风速足够大,恰好适合我这种初学的人,能让风筝很容易飘起来。朋友在我身旁,帮忙拿着卷轴,一阵风拉升了我的风筝,我手忙脚乱地开始放线。由于绷得太紧,我的食指被线横切出一道口子。我深深吸气、呼气,调整位置,找到滑轮的手刹,迅速放线,跟着拉线疾跑,风筝转了一个圈后,稳稳地飞上天。松开拉着线的手,寒风渐渐将风筝拉高,我听到脑袋里血液奔流的声音。一切都是那么色彩斑斓,那么悦耳动听;一切都是那么鲜活,那么美好。我觉得旁边的孩童都在用充满敬畏的眼神望着我,仿佛自己是个英雄。

我在一群尖叫的孩子中奔跑,风拂过我的脸庞,我的唇边挂着胜利者的微笑。

公园的小草鲜嫩、翠绿,春意萌动;远处温室的屋脊银光闪亮,白得耀眼,令我目眩神迷。时空穿梭,美好的往事和现实完美重叠,我闻到了小鸡炖蘑菇的香味,还有玉米、大豆、高粱和白杨树的甜香。我手中放飞的正是童年的那只风筝,我和风筝一起展翅高飞。

林琳

子彝先生

子彝先生（1894—1975）姓王，名绍文，字子彝，号天趣生，是松江著名的教育家和书法家。先生性聪敏，清宣统三年（1911）毕业于华娄高等学校，后又求学松江府中学堂。18岁开始做教师，解放后继续在松江一中任教语文直至退休。除教书育人外，他对古文、诗词、历史、篆刻、书法等均有深入的钻研，特别是书法。中华人民共和国成立前松江县城最繁华的中山路上的商店招牌，以及仓城诸米行靠河的墙上刷写的大字，类似现今的广告，常常一堵墙一个字，其中很多是他的手笔。

自少年起直至去世，七十余载，先生不管是朔风凛冽寒风彻骨，还是赤日炎炎汗流浃背，几乎无一日不晨昏空腹习字，楷、行、草、魏碑、隶、篆一一学来。对于碑学与帖学，他觉得两者均不可偏废，欲求达高远浑厚的书法境界，必须在汉魏诸碑和六朝书法上用功甚深，为此刻一方"子彝临摹两汉六朝金石之章"。成名后常有人问起他成功的秘诀，他答道："无他，日逐写。"晚年他写下多条经验以供后学者借鉴，其中首要为"下苦功，除急躁病"，只有锲而不舍，循序渐进，方能登高自卑，行远自迩……

他和知名书法家杨了公、孙增浩、张玉如等人亦师亦友，这些为他书艺的提高奠定了基础。历经日益磨砺、博采众长和融会贯通，20世纪30

年代起他的书艺名动松江及周边地区，之后经不懈努力，其传统文化功力日渐加深，终成一代大家。他自创的书体无论运笔还是布局，既讲究凝重刚健，又轻灵自然并举，用笔如绕指柔，字迹如百炼钢，求书者络绎不绝。

在学书的同时，先生执刀篆刻，凡遇到有金石气的东西，无论书法或石刻，凡可供篆刻之物如扇之牙柄、砚、砖瓦、石块等均入手下刻，或雄壮朴茂，或秀劲苍古，刻好后拓下，自行装裱以供欣赏。其长子尚德老师回忆，其父曾为山水画家许馨谷先生刻印，一枚钟鼎体的"谷阳道人"，另一枚小篆体"闲来画幅丹青卖，不使人间造孽钱"，古朴苍老且章法自然，让他钦佩不已。

《上海群众文化志》评价："王子彝能书蝇头小楷，亦能书八仙桌面大的字，挥笔自如，苍劲有力。"解放前子彝先生的书法以招牌、匾额、楹联和屏条为多。人们喜欢使用他用北碑体写就的名片，小小的一张名片上姓名在中央，左下方写籍贯，右上方是头衔，有的密密麻麻地写上好几行，字虽小却精致考究。待写大招牌时又是另一番架势了，桌子不够他就将纸摊在地上，蹲着马步屏气凝神泼墨挥洒，硬是"扫"出一个个遒劲有力的大字来。

字如其人，先生性格刚烈，为人极有风骨。抗战期间，松江沦陷，学校被迫停办，生活虽艰难但他绝不替日伪政府工作，为图一家九口温饱，便在自家门口开一笺扇庄鬻字兼教私塾为生。沈元吉、叶良玉等都是他的学生。沈元吉无钱交学费，但仍被子彝先生收留在私塾读《左传句解》《诗经》《尚书》《礼记》等，并跟随他练字。获首批国务院津贴的知名动物学家徐亚君在1945年春进入私塾学习，爱学先生摇头晃脑、闭着眼睛一遍一遍地背书，有时还跟着高班学生默念诗词和声律，最让他心仪的是听先生用松江调诵读骈文。

子彝先生治学严谨，讲课生动透彻，对学生循循善诱，批改作业从不马虎，不仅学高为师且身正为范。他主张"教人先教志，育人先育心"，要求学生"求学时代当专心致志,今日事今日毕。敬老爱幼,待人以礼,做事尽忠,交往以德",教育子女"年轻人不应与人比生活,要比志气,为人正直,读好书,将来才能为社会、国家做好工作"。他必先以身作则,解放后他在松江一中教学,尽心尽职,某次批阅作文至凌晨,竟倦倒在桌旁,惊醒后不顾家人劝说继续批改,1956年因出色的教学业绩被评为松江县优秀教师。

教学之余他继续发扬所长,不计报酬写下大量的书法作品,墨迹遍布松江城,有侯绍裘、姜辉麟烈士纪念碑的碑额碑文,"人民大礼堂""秀野桥""人民桥""醉白池"等;对单位求书、街道宣传活动等公益事常欣然题字,不收润格。曾听说子彝先生书写大型标语"中国共产党万岁",无可用的笔,便拿了芦花扫帚,蘸着化了水的煤灰,在地上铺陈开来。先生布局亦巧妙,楷书庄严肃穆,字由上而下渐缩小,标语做好挂在烟囱上时远看却恰好。晚年他喜欢写毛泽东诗词,作书常乘兴挥洒,朴茂苍茫,淋漓尽致,讲究于欹侧中求动态的均衡,于有法中求无法,已达炉火纯青,出神入化之境。

《上海群众文化志》评价:"如今民间保存王子彝的条幅、扇面、对联等屈指可数,无不视为珍品。"现"秀野桥"三字依旧在桥梁上,为方笔头魏碑,"松江县第一中学""松江县第二中学"校匾等留存在影像中。2012年,发现由他篆额并书的1940年6月《长寿桥碑记》石刻,还有其孙王建保存的侯绍裘、姜辉麟烈士纪念碑草稿等。1995年,由他本人首肯的"子彝七十留痕"之作在陆一飞等人的帮助下出版,定名为《云间王子彝遗墨》,由曾任松江县委宣传部部长的季永洲作序。季部长在担任松江一中校长期间与先生交往,遂成忘年交。如今,先生之书作经岁月的洗礼依然鲜活地扣动着时代的脉搏。

热心好公、人大气肯担当的子彝先生有胆识有魄力,是当时文化教育界的知名人士。松江解放后,1949年9月30日—10月4日,他应邀参加松江县第一届第一次各界人民代表会议。他拥护中国共产党的领导，热爱新社会，受到党和政府的礼遇，历任第一至第四届县人民代表及政协委员。他对松江的河道与水利了如指掌，陆恂如任县长时他对水利工程提出许多看法。他关心国家大事，抗美援朝时支持儿子们报效祖国，还提案在中小学设置书法课程，得到政府的重视。他一生勤勉，乐于助人，儿女众多经济并不宽裕，但凡遇同事、邻居等有困难总竭尽所能，并无偿为松江书法的传承培育人才。

1975年3月1日，子彝先生病逝，松江县委为他举行了隆重的追悼会，送别时许多人自发而来，现场人山人海。2009年《我的老师——翰墨大家王子彝》、2017年《守望书香 诗礼传家——乡贤王绍文、王尚德父子》等文章刊登在《松江报》上。2018年公布《人文松江建设三年行动计划》的第二年，在程十发艺术馆展出民国至今松江书法教育界人士的书作，王子彝与其子王尚德、其媳沈元吉作为已故书坛元老入展。如今，子彝先生的故居被视作仓城历史文化风貌区文物保护点，也是松江区书法家创作基地。1939年先生写下的家训"庄敬日强"，仍被完好地保存在这所具有深厚人文底蕴的故居仪门上。见字如人，怎不令人临风心仪，不胜仰止呢？

黄抒绮

铭记悬崖之上

《悬崖之上》由张艺谋导演，全勇先编剧，张译、于和伟、雷佳音、秦海璐等演技派班底，是继《风声》后最火影院谍战片，没有之一，猫眼评分9.1，豆瓣评分7.7。剧情紧凑有张力，120分钟的片长没有一秒镜头是赘述。

首先是人性的展现。影片中，对英雄人物的刻画也好，对反面角色的描写也好，都不曾刻意抹灭人性。开篇是特务科枪杀一批共产党员，雷佳音饰演的叛徒谢子荣亲眼所见了被枪决的战友嫣红的血在雪地里流动。最后一刻，终于没有守住底线，供出了一切。他叛变的时间是最后一刻，在我看来，这就是对人性的解读。镜头显示，和战友们一起被扭送到雪地里的谢子荣显然也是被动过大刑的，一身重伤，他也是曾经坚强不屈的，那为什么最后一刻他叛变了？因为求生的欲望，因为已经到了生命的临界，我认为还有谢子荣所处的位置。在枪决一众共产党员时，谢子荣被放在了最末位，这个位置如果提前一点，谢子荣不一定叛变，万一排在后面的战友中有最终逃生的，他叛变的消息就会被党内知晓，我想他内心是不愿意让任何自己人知道他叛变的，而随着同伴的全部牺牲，他的叛变就有可能成为无人察觉的侥幸。这就是人性，在生命最后关头，赌一把到底是能求生的。

再比如张译饰演的张宪臣，他和地下党周乙诀别时，在快速交代了任务重点和对战友的营救方案后，哽咽着说："拜托你一件小事，饭店门口要饭的那群小叫花子里，可能有我和王郁的孩子。"那一刻，我泪水涟涟，他不确定在自己牺牲后王郁是不是能活下来，这就是托孤啊！人心底里最柔软的永远是对父母、妻儿的牵挂，除了工作和责任，他也有私心，最重要、最放不下的是血脉传承，这正是真实的人性。

影片细节上对人性的挖掘之处实在太多，可以说每个角色都是多层次的、立体的，塑造了活生生的人，而不是高高在上的神。

再一个是信仰。"信仰"这个词最先高频率的出现，我没记错的话是在电视剧《潜伏》中，后来这个词又出现在同样是全勇先编剧的电视连续剧《悬崖》中。我觉得它同样存在于《悬崖之上》里，虽然影片里的角色并没有说出这个词。因为信仰，四个人抱着必死的决心空降哈尔滨，拆散情侣分为两组执行危险任务；因为信仰，张宪臣被捕后受尽非人折磨，依然牢记自己的初心，永不背叛；因为信仰，楚良为保护战友献出了自己年轻的生命；因为信仰，王郁抛下一双儿女，带着万分不舍的慈母心在枪林弹雨里无怨无悔，执行任务；因为信仰，缺乏对敌经验的小兰在花一般灿烂的青春里，甘愿抛洒热血；因为信仰，卧底周乙站在刀尖上，殚精竭虑，筹划每一个日夜……所有压抑本性的一切行为都是因为这个词——"信仰"，这个词出现在影片的分分秒秒中，出现在每个漫天雪花的黑白背景里。影片最后的对话是这样的："你知道乌特拉什么意思吗？""俄语里是黎明的意思。"

近代以来为国捐躯的烈士有2000万，其中有名有姓的只有196万。黎明，是这2000万英雄共同的信仰和心愿。当影片中的人物平静地说出这段台词的时候，我想所有观众的内心都跟我一样澎湃着巨浪。

为了表达对烈士的至高崇敬，这部电影最大限度地还原了真实。为了求真，老谋子以年过七十的高龄亲力亲为，站在零下30多摄氏度的片场，甚至为了一个没有演员的过风空镜头也要拼尽全力，他说，我不累；为了求真，张译把咬在口中的木质假刀换成了真刀，因为假刀总感觉不对，他说，我不怕；还是为了求真，于和伟演烧毁秘密情报这场戏时，把情报捏在手心里点燃，烧尽，连灰也没有扔下，这场戏他没有用替身，他说，我不烫。我想，他们这样不顾一切的本色出演，是对烈士最好的纪念。

行走在悬崖之上，身处于危险边缘，英雄们的人生应该和安稳太平无缘，但正是有这些悬崖之上的人的存在，才让今天的我们过上了悬崖之下的幸福生活。我们的内心应永远铭记那些曾经在悬崖之上的人，哪怕，我们已经不记得那些人的名字。

牧太甫

我的两位宁波老师

回顾往事,两个宁波人对我影响至深。

一个是余姚的"大明朝第一帅哥"王阳明先生,另一个是象山的"新中国第一美女"顾晓敏老师。王阳明先生影响我至深的是其学说、思想,顾晓敏老师影响我的则是其为人、治学。

"心外无物"行中正

"心外无物"是王阳明先生龙场悟道后的学术思想概括,现实中,却在顾老师身上由我见证。顾老师的学术之路亦为坎坷,仕途亦不尽顺利,却在数番磨砺后终究大成,始终离不开"中正"二字。在众多阻碍和困难面前,顾老师之所以能够从容面对,在我看来,就是她的"心外无物",始终揣着中正,心宁静而能致远境。一路过来,虽是"两岸猿声啼不住",却能"轻舟已过万重山"!

不久前,与顾老师汇报交流今后事业之路,得出一个"正"字——走正路,赚正钱,做正事,为正人。若能中正,才能持盈保泰,才能"心外无物"。

"知行合一"无言教

"知行合一"是王阳明先生的另一个核心思想。王阳明先生认为知行是一回事，不能分为两截。"知行原是两个字，说一个工夫。"王阳明先生极力反对教育上的知行脱节及"知而不行"，突出地把一切道德归之于个体的自觉行动。知与行二者互为表里，不可分离。知必然要表现为行，不行不能算真知。道德认识和道德意识必然表现为道德行为，如果不去行动，不能算是真知。

顾老师用她从教35年的经历，充分阐释了"知行合一"的内涵和外延。在顾老师授业35周年纪念活动上，同事、学生们共同回忆了这35年来顾老师的立德、立行、立言、立功、立业的种种后，发现她对学生影响最大的是"不言身教"。之所以能够做到"不言身教"，正是因为她能"知行合一"。

厚德载物"致良知"

"致良知"是王阳明先生心学的主旨，"良知"语出《孟子·尽心上》："人之所不学而能者，其良能也；所不虑而知者，其良知也。孩提之童，无不知爱其亲者；及其长也，无不知敬其兄也。亲亲，仁也；敬长，义也。无他，达之天下也。"王阳明先生认为，"致良知"即是在实际行动中实现良知，"知行合一"。"致良知"是王阳明先生心学的本体论与修养论统一的表现。

若不是顾老师的同事提及，我们都不知道顾老师的能耐，党和国家领导人多次对顾老师的报告、调研进行了批示，同时也获得了多项国家级荣誉，这种身藏功与名的境界，正是"致良知"的修养和追求。

春色满园"心光明"

"此心光明，亦复何言"，是王阳明先生的临终遗言，也是他一生的写照。那日，王阳明先生自知不起，召门人来见，当是有所交代，不料话到嘴边，却不禁自笑，一个字都不想说了，唯带着一颗光明开悟的心离去。

看今朝顾门，春色满园，桃李芬芳，盖因师之荷塘德厚，才引得锦鲤漫池。前路漫漫，我们以顾老师为明灯，心中亮堂，行走中正，立行立功，"知行合一"，乃"致良知"，心中光明！

此正是："心外无物"行中正，"知行合一"无言教。厚德载物"致良知"，春色满园"心光明"。

注意，球要来了

第一次接触网球，是在十四五年前。

因我买了一辆奔驰车，被奔驰公司邀请到上海劳力士大师赛的奔驰包厢里观看网球比赛。

那时候，我并不知道谁是费德勒，也不知道李娜是谁，和奔驰的一个高管一起进场内掷硬币挑边。

于是，我知道了什么叫挑边，也知道了那个挑边的硬币，并不是钱币，而是一种比钱币大一些的特制硬币。

这几年，孩子们打网球，我也就对网球训练和真正的网球运动员、教练有了一些了解。再后来，王总教练问我要不要加入网球协会，我觉得为了孩子我要参加。他又追问，要不要做个网球协会的理事，我觉得很诧异，毕竟我自己还不会打网球呢。或许是王总教练真看出了我有打网球的某种潜力，推荐我担任了网球协会的副会长。

于是，我努力为自己找点网球方面的某些潜力。经过一番找寻，我还真找到了些。

网球这项运动是地地道道的法国产物，但是法国人从来没有称它为tennis，他们叫它jeu de paume，意思是手掌上的运动。因为最初法国人是徒手玩这项运动的,随后用手套,再然后用木板,最后才用球拍。法国人发球时常常说的tenze,是接好了的意思,指的是"注意,球要来了"。当然,后来换了一种不那么诗意的方式,将警告对手的习俗保留下来:在把球抛起前,念出记分牌上的数字。后来,意大利人无意中听到法国人发出那样的声音,以为是ten-nz,于是就称这项运动为ten-nz。

1350年左右,这个词进入欧洲文学作品。彼特拉克在他的作品《命运的拯救》中写道:"我们一无所长,而只会像一只网球那样被抛来抛去,成了生命短暂、顾虑无穷的物种,对我们搭乘的船将在哪一块海岸搁浅一无所知。"表达了焦虑消耗了人类的诸多经验。

或许也就是从这以后,欧美文学作品中经常把网球用作对人类存在的隐喻,后来又成为对命运的隐喻。约翰·韦伯斯特在《马尔菲公爵夫人》中写道:"我们只不过是被命运玩弄的网球,被击打和束缚,以此来取悦它。"慢慢地在网球流行的西方世界,作家们用网球做喻成为一个传统。在另一个传统里,网球成了轻浮的象征——成年男子才打球。

莎士比亚的《亨利五世》中用网球做喻:"我将许多坚硬的网球带到这里,它们被大理石和钢铁铸得浑然一体。我向耶稣发誓,代价再大也在所不惜,将用它们把高墙夷为平地。"

当代写网球最有名的要数美国作家大卫·福斯特·华莱士,或是因为命运将网球赐予他——他在青少年级别的比赛中表现出色,又因为他是一个作家,用自己的方式将"放浪形骸"的岁月加以利用,在他的作品中毫不留情地将其变成自己经验的产物。

网球既是适用于各种文学类型的运动,又"或许是最孤独的运动"——网球运动需要身心合一来解决对手发过来的球。难怪美国著名作家和音乐家约翰·耶利米·沙利文说:"网球是一项不仅适合作家,也适合哲学家的运动。"

既然"TENZE"(注意,球要来了),那就"TENZE"(接好了)!

颜萍

版纳笔记

我和西双版纳应该是有缘的，一年里去了两次。不仅如此，我判断和一座城市是否有缘分，一看气味的吸引力，散发着浓郁异域风情和热带水果味的版纳，空气就是甜蜜的；二则身体感受也是一个很强的佐证，头痛不痛，身体重不重，鼻子通不通。有时候，哪怕是一小时的车程，从上车开始就头疼；有时候，下了飞机半天耳朵和鼻子还是塞住的；有时候，明明是在零海拔的地方，却如负重一般动弹不得。

两次去版纳，都感觉身心轻松，每到一处，虽只有几个小时的停留，却感觉是赴前世的一场约定，激浪心灵，触碰灵魂。

"西双版纳""泼水节""傣族""基诺山""告庄西双景""植物园""野象谷""勐巴拉小镇""望天树"……不管是哪个词，听着都令人兴奋和向往。

勐巴拉小镇

勐巴拉是古傣语，意为神奇美丽之地。有人说，勐巴拉是遗落人间的仙境。景中造景，园中造园，在1.2万亩热带雨林中，深耕云南本土30年的浩宇集团把整个勐巴拉定义为三大体系，依托万亩恒春雨林、2000亩天然湖泊、67摄氏度天然富硒温泉、海拔1200米、年均气温18.7摄氏度等得天独厚的山形、地貌和水文优势，将勐巴拉小镇打造成了以雨林文化、普洱茶文化、康养旅游为主的世界一流、中国唯一的雨林湖泊型康养度假小镇。

不是非要到青海茶卡盐湖，才能看到"天空之境"，在勐巴拉的"天空之境"放眼望去，壮丽的雨林美景尽收眼底，水天一线，山水交融，形成了"天人合一"的壮阔景象，站在天地之间，人会感知自己的渺小，感知大自然的神奇。

坐电瓶车穿梭于小镇，每一眼看去都是风景，不忍打盹，不想错过帐篷酒店、房车营地、水上餐厅、观景台、高尔夫球场和金碧辉煌的庙宇……神圣、质朴、神秘、亲切、古典、现代、艺术、自然的完美结合，天造地设的和谐共生，令人无限神往。

傣族泼水节

到了西双版纳，傣族泼水节是定要去感受一下的。"水花放，傣家旺。""泼湿一身，幸福终身。"泼水节是傣族最重要的节日，每逢节日，傣族男女老少穿上节日盛装，挑着清水，先到佛寺浴佛，然后开始互相泼水，尽情地泼洒，锣鼓声响彻云霄。人们一边翩翩起舞，一边呼喊"水"，象征着吉祥、幸福、健康的一朵朵水花在空中盛开。与其说泼的是水，倒不如说泼出的是幸福的种子，互相泼洒、祝福；与其说泼水，倒不如说是洗净铅华，沐浴自然恩典。

泼水，也是傣族人迎接宾朋的礼遇。在傣家园万人泼水广场，我感受到了傣族人的热情，认识的、不认识的、客家的、自家的，大家无拘无束，相互泼洒，欢声笑语，其乐融融。如今，泼水节是加强西双版纳全州各族人民大团结的重要纽带，也是国家级非物质文化遗产之一。

想起傣族朋友喝酒时喊的口令："水水……水水水水……水，集吧集哆……瑟瑟，杰碰得，得馍馍！"亦和水有关。版纳多雨水，水利万物而不争，从而也造就了版纳人上善若水、乐观豁达、热情好客的性格。

基诺山寨

基诺族意为舅舅的后代，相传远古洪荒，混沌宇宙，大地茫茫之中诞生了一个力大无比的女神。她举起右手分开天地，左手抓起泥土形成山河，搓下污垢变成万物，然而动植物争吵不休，互相戕害，世界混乱不堪。她造了七个太阳晒死部分植物，用洪水淹死了部分动物，做了一面大鼓把玛黑、玛妞放在里面。大鼓随洪水漂到基诺山，兄妹俩走出大鼓成婚，繁衍了基诺族。

基诺族是云南省人口较少的七个少数民族之一，1979年被正式确认为单一民族，长期生活在与世隔绝的环境，形成了他们原始古朴、粗犷的性格特征。基诺族刻木记事，流传着丰富的神话传说、故事、诗歌和音乐，其中基诺大鼓舞被确定为首批国家级非物质文化遗产。基诺山寨是全国唯一最全面集中展示基诺族文化的体验地。

我们有幸观看了大鼓舞，基诺族人民自强不息、追求美好生活的愿望在载歌载舞中得以充分展示。

植物园

踏入位于傣族自治州勐腊县勐仑镇葫芦岛的中国科学院西双版纳热带植物园，迎面吹来的是热带雨林之风。随处可见茂密的棕榈林、葱翠的灌木、绿意茸茸的草坪、生机勃勃的池塘和小溪，极具热带风光的棕榈林与湿地遥相辉映。奇特的云南曼陀罗、黄花羊蹄甲、红穗铁苋、吊灯扶桑、跳舞草、王莲，形色各异，婀娜多姿，湖中有鱼，林中有鸟，真可谓是鸟语花香，人间仙境。不愧是中国面积最大、收集物种最丰富、植物专类园区最多的植物园，也是集科学研究、物种保存和科普教育为一体的综合性研究机构。

植物或许是有思想的，因为它能听懂人类的语言，当你和它对话、向它倾诉的时候，它会发出沙沙声或是抖动叶片予以回应；植物也是有个性的，它用自己的方式过着看似安逸的生活，它也会趋利避害以找到更适合自己的生长方式；植物更是有灵魂的，它用年轮记录着历史的演绎和人类的生生不息，而它则不生不灭。

植物园是一片净土，一片纯粹的极乐世界，而整个版纳何尝不是一个天然的植物园呢？

傣味包烧

也许包烧不是云南美食中最美味的，但它绝对是最有特色的。

包烧，是一种具有傣族特色的美食。它不用锅具，而用天然的芭蕉叶。制作包烧时取畜禽肉、鸟肉、鱼、蔬菜等主料，剁细，青椒、鲜姜、鲜蒜、芫荽、苤菜等配料洗干净切末，把主配料拌匀，加入适量食盐、味精，用鲜芭蕉叶包裹并用竹篾扎紧，置于火塘的炭灰下焐至熟。

《周礼·含文嘉》记载："遂人始钻木取火。炮生为熟，令人无腹疾，有异于禽兽。"烧烤这种加工食物的方式，远远早于现在的煎、炸、煮、炒等，是最早的肉类加工方式之一。傣族包烧，就是在烧烤基础上的改良，让菜肴不走味、养分不流失，堪称原汁原味。

我在一次次的品尝中，品出了超越食物本身的甜酸苦辣，理解了包烧所蕴含的另一种意义。

许蕾

"枢纽之城，爱我松江"短视频拍摄记

小轩返校回来，领了一个围绕建党100周年的短视频拍摄任务。看着他一脸期待、跃跃欲试的可爱样子，作为老母亲的我，只能当仁不让，硬着头皮接了下来。我们打开通知，细细研究了起来。活动的主题要求一，以家庭为单位进行创作拍摄，嗯，这个没问题；要求二，围绕松江大变迁，展示百姓幸福生活。

看到这里，小轩灵光乍现："妈妈，要不拍我们每晚做的美食吧，拍您最拿手的浓油赤酱本地菜的制作过程。我觉得这是最幸福的事情了。我一直都在看《舌尖上的中国》《味道江湖》《老广的味道》等这种美食纪录片，我知道怎么拍。"我想了想，回答道："你这个小家伙，主意倒真是个好主意，可是人家是制作团队，有资深编导、专业摄影、精英剪辑，我们可是零基础，而且只有一部手机、两个人。我们再想想。"十分钟后，小轩又激动了："妈妈，你还记得两三年前，您做小菱白自媒体宣传松江交通吗？要不，我们就依样画葫芦，把文字转成视频拍摄，不就行了。"我扑哧笑了出来，醍醐灌顶："哇！这个主意真棒！我们说干就干！"

我们一起翻出当时的小菱白制作底稿，征询了下身边几个专业朋友的意见和建议。第一步，开始着手写脚本。既然松江新城定位是枢纽之城，我们就围绕这个主题进行脚本创作,以小轩作为一个小学生日常出行的视角,展现松江交通的便捷安全。有了思路,自然茅塞顿开,稿子小半天脚本就新鲜出炉了。第二步,是设计拍摄镜头。作为摄影小白的我,临时抱佛脚,现学视频平台上对于初学者拍摄手法的培训,再借鉴时下最火热VLOG的拍摄手法,加上自己平时看纪录片学到的些许经验,根据脚本逻辑,选取了五个拍摄地,包括自己家里、小区道路、有轨站台、有轨电车,最后在三新天桥上。第三步,准备拍摄所需用品。包括手机、自拍杆、校服、书包、交通卡等相关道具,一切准备就绪。

"小轩,要不,我们今晚背台词,明天一早就去拍?我已经有种想把一切设想化为实际的冲动了。"小轩一拍即合:"好啊好啊,我们真是最有效率的组合!"

为了避开人群,最大限度地展现拍摄效果,我们清晨6点半就出门了。因为从来没这样正经拍摄过,而且又是第一个镜头,我们都很紧张,有些不在状态,光是一个开场白的镜头,就反复拍了五六遍。不是台词卡壳了,就是拍摄角度不对,要不就是两个人配合不够默契。小轩有些不耐烦了,我鼓励道:"今天就是让你试试做演员,你不是一直挺想做演员的吗?好好体验一下。"

好在磨合期过去得很快,转战楼下的拍摄,基本都是一个长镜头到底,一遍过,初战告捷,然而接下来又发生了让我们意想不到的情况。我们在有轨电车上对词的时候,发现每一站有轨电车的广播播报声音都足够响亮,响亮到可以盖过我们的对词,回看的时候,发现我们没有办法很好地进行收音。这个倒是有点伤脑筋!于是我们决定观察几站路,研究每一站的距离,选择在距离最远的两站之间拍摄,充分利用驶离站台播报完毕到新站台开始播报中间的时间差,果然成功!

就在我们欣喜万分的时候,老天爷又开起了玩笑。我们刚到天桥下站,居然开始下雨了,雨滴还特别大。小轩感叹:"这意思,是不是'天将降大任于是人也'?"我也很无奈地摇了摇头:"我们只能等等了。正好这个时间,我们再设计下镜头。"于是,我们在站台上,指手画脚,一本正经地开始设计镜头。或许老天爷是被我们的敬业精神感动了,大约五分钟后,雨居然停了,紧张的拍摄工作继续进行。

小轩趴在桥头,看着桥下的车水马龙、飞驰着的"蚕宝宝",歪着脑袋问我:"妈妈,再过十年,我们松江变化是不是会更大呢?我好期待啊!"

然后我的话外音响起:"那是肯定的呀!小轩,你现在要好好读书,为中华民族的伟大复兴而读书,未来松江的发展可是要靠你们这一代了!"

在回去的路上,我们回看拍摄的视频,眉开眼笑,完全忘记了拍摄前期有多伤脑筋,拍摄过程有多辛苦。小轩嘚瑟地说:"我终于也有了我做主角拍摄的正经视频了。"不管参赛结果如何,参与拍摄整个视频的过程就已经是我们最大的收获了!

吴安

白兰花儿香

火伞高张,蝉鸣阵阵,在这样的酷暑季节里,我仿佛闻到了远处飘来一股淡淡的馨香,那是记忆深处白兰花儿的香味……

童年时,每逢放暑假,母亲工作的县医院会开办职工子女暑托班。暑托班里没有正式的老师,只有几个阿姨维持纪律。一群群年龄相近的孩子,上午围着一张张大桌子做作业,下午三五成群地玩飞行棋、雪花积木、游戏棒。还有的小伙伴会从家里带来镶了"宝石"的项链坠子、会跳舞的绒毛玩具以及多功能的文具盒,似乎总有意料之外的惊喜会源源不断地冒出来。

还没到中午,我肚子里的馋虫就已经蠢蠢欲动了。医院的职工食堂对于那时的我来说,简直就是天堂的所在,菠萝咕老肉、椒盐排条、糖醋排骨都是我的最爱,面条、馄饨、炒年糕都令我馋涎欲滴,面包、蛋糕、比萨使我还没有开动午餐就开始憧憬夜宵。在那个物资紧缺的年代,一切美食都需要在一次次的软磨硬泡里与大人们斗智斗勇、不懈努力才可能获得。唯独职工食堂里的美味不需要付现金,只要刷饭卡,母亲便格外纵容我。轻而易举地,我就能像童话城堡里的国王那般,尽享"山珍海味"。

吃饱喝足了,母亲领我去科室。一关门,诊室、休息室、手术室、储物室就成了大家的午睡卧室。安静的房间、柔软的垫子、昏暗的光线、风扇的呼呼声，隐约还能听到隔壁医生大叔的呼噜声。渐渐地，我在窗外蝉鸣的催眠中恍恍惚惚进入了另一个世界。半梦半醒中，楼下"白兰花——"的叫卖声飘飘悠悠地落到耳畔，熏香了梦里的世界……

睡醒了，我就睁开眼，怀着一份欣喜下床，挽着母亲的手，跟她一起去医院外的小卖部。医院职工有高温补贴冷饮券，一张粉红色的盖了章的小纸片可以换来一份冷饮。我和母亲把小卖部里所有的冷饮看了一遍，然后取了两块大大的光明冰砖，心满意足地往医院走去。

捧着凉凉的冰砖，还没有吃到嘴里，阳光好像已经没有那么酷热了，微风好像已经有了丝丝的凉爽，蝉声好像已经充满了期待，周围的小孩儿好像都在羡慕我的冰砖。我的喉咙里已经感觉到了冰砖的味道，冰冰的、柔柔的、滑滑的，泛着牛奶的香甜，令人心旷神怡，而且那香味越来越清甜，越来越馥郁，越来越醉人……

一低头，原来是一个老妇人正蹲在路边卖白兰花呢！她裹着蓝色的粗布头巾，头巾下的发丝中夹杂着一缕缕雪白。她冲着我微微一笑，弯弯的眉眼里透着慈祥，轻声说着："买朵白兰花儿吧！自家种的，今天刚摘下，香着咧！"干净的小竹篮里铺着厚实的白色粗布，白布上面整齐地摆放着三朵白兰花，青翠的柄上伸展出洁白的长长花瓣儿。两朵已经微微绽开了外面的花瓣儿，里面深红色的花蕊若隐若现。还有一朵含苞待放，纤细的花瓣儿小心翼翼地呵护着里面的娇嫩。母亲弯腰看了看篮子里的花儿，有些惋惜地说："我想要还没开的花，可以多放几天，可这朵……有点儿蔫了。"我撅着屁股，伸着脑袋探进篮子里，仔细地看，果然发现那朵花骨朵儿上有两片花瓣的边缘失去了水分，呈现出一圈焦黄。可能是它们太娇嫩了，经不起炎日的暴晒。老妇人急忙把白布掀开。哎哟！白布下面还有十几朵白兰花儿呢，比那三朵更白嫩水灵，看着它们几乎就能感觉到柔软饱满。老妇人眯着眼笑起来："这儿还有好多白兰花呢！若想要，你再仔细看看！"母亲让我挑选。我看看，这朵长得小巧玲珑，那朵也精致可爱，竟不知要选哪一朵好。母亲把那两朵白兰花捧在手掌上仔细端详，最后决定我们一人要一朵。老妇人眉开眼笑，一边收钱，一边还不停地提醒我们，回去后给花洒些水，晚上包在手绢里，可以保存更长时间。母亲还在仔细聆听，我却早已一手捏着白兰花的花蒂，一手紧紧攥着冰砖，兴冲冲地向医院奔去。见母亲还没迈开步，我心急火燎地朝母亲嚷道："妈，快点，冰砖要化了。"母亲见我已经冲向了马路，向老妇人匆匆道了谢之后，一边喊着"慢点儿"，一边跑着过来了。

我和母亲在敞亮的诊室里，面对面坐着，一人端一个碗，剥开光明冰砖蓝色的包装纸，又撕开薄薄的一层白纸，把冒着阵阵凉气的冰砖放进碗里。一整块冰砖洁白无瑕，仿佛一块稀世宝玉。舔一下，冰凉冰凉的，触动舌尖，浑身上下打了一个激灵，暑气一下子就被击退了；用勺子刮下一层冰屑放进嘴里，甜甜的、润润的，还有浓郁的奶油香味儿，唤醒了每一个味蕾，又顺着食管送来一个冲浪般的惊喜；用铁勺边缘切下一小块冰砖细细咀嚼，嘴里发出咔咔的脆响，心都快跳出胸膛迸进碗里，要和冰砖做一个热烈拥抱；舀一勺碗底的汁水，醇厚细腻的感觉温润如春风荡漾……

我听着树头此起彼伏的蝉鸣声，吃着碗里奶味十足的冰砖，看着娇嫩得宛如沉睡中的婴儿一般的白兰花，闻着似有似无的淡雅清香，觉得夏天是世界上最美的季节。

吃完冰砖，母亲取来一根白色的棉线，轻手轻脚地用针穿过白兰花的花蒂，打一个结，挂在我的脖子上。她的那朵白兰花呢，被小心地包在绣花的白手帕里，放在白大褂胸前的口袋里。一低头，她就能闻到花香。下午的工作时间快到了，母亲打开了诊室的门，而我步履轻盈地走出诊室，向暑托班走去。

艳阳高照，蝉鸣声声，我心里却不急不躁。我要慢点儿再慢点儿，步子大了，挂在脖子上的小花会在晃荡中受伤；我要轻点儿再轻点儿，一使劲儿，花香都飘散了，花就枯萎了。今天，我要给大家伙儿看看我带来的惊喜，小小的白兰花儿是那么娇弱、美丽、芳香。我暗暗想着，待她们围过来看小花时，我只准许她们用眼睛看，绝不允许她们摸小花，倘若每个人的手都碰一下，小花儿一定会受不了的。我也悄悄提醒自己，走路时、搭积木时、和伙伴玩闹时，都要小心一点，别把小花弄伤了。于是，整个下午我都尽量避开追逐打闹。嗅着花香，即使一个人玩，我也不会觉得孤单。我觉得，我的小花也不会孤单，因为它有我的陪伴，还有母亲胸前口袋里的小花会牵挂着它。母亲口袋里的小花现在怎么样了呢？此时此刻，它或许在口袋底下睡大觉，也可能在母亲完成手术休息的时候，被轻轻地取出，然后看到一张温柔的笑脸。过不了几个时辰，母亲下班了，我的小花就又可以和她的闺蜜在一起了……

　　烈日炎炎，夏木苍翠，记忆深处的白兰花儿香从远处飘来，幽香淡雅。伴随花香一起穿越而来的，还有那时聒噪不休的蝉声，那时追逐嬉戏的伙伴，那时人声鼎沸的食堂，那时回味无穷的冰砖，那时年轻温和的母亲，那时美好纯真的童年……

杨强劲

旧书似故人

每一本书，在文字之外，都有一个形而上的世界，起源于可见的文字和纸张，又在这个基础上随阅读者的体悟衍生出无尽的意蕴。

我读书，有一个习惯，不喜新书，爱淘旧书。尤其是当下，各个出版商为了推出某本新书，一个劲儿地在书的印刷装帧上下足功夫，各类技术一齐上阵，唯恐不够精致、华美、独特，不能引来购买者。其实，对于真正读书的人来说，书籍的装帧如何，完全不在是否购买、阅读的考虑范畴之内。当然，若像一些人，买书只是为了装点门面，把书当作衣裳或饰物，则另当别论。说到淘书，我应该算个半痴。

晚明张岱《陶庵梦忆》有云："人无癖不可与交，以其无深情也；人无疵不可与交，以其无真气也。"我常以此作为对淘书一行的注脚。读中学时，在我们老家县城地标性建筑——青春大厦下，经常会有两三个老人，用自行车驮着几捆四处收来的书刊，把裁开的蛇皮袋铺在地上，形形色色的旧书往上一放，就是一个书摊了。每回放学，我都要从那里经过，支好自行车，翻看半刻钟。依稀记得在那几个书摊上，我曾淘得人民文学出版社1973年出版的《鲁迅全集》，其中有《三闲集》《而已集》《二心集》等，书的扉页上还有一行应该是书的前主人书写的很有特色的留言："李昌前，一九七四年二月廿二日，灵璧"，并戳有三枚篆体印章，这里的"李昌前"应该是人名，"灵璧"是安徽省东北部的一个县，以灵璧石和重书法而闻名，这里应该是书的前主人生活所在地或工作之处。

其实，那时，我是不大读懂鲁迅的。之所以看到后买了回来，主要有两个原因：一是简约的封面可能比较符合我的审美，二是扉页上的这行字。时至今日，每回在书橱中看到这几本书，我都会浮想联翩。20世纪70年代初，是中国现当代史上一个极为特殊的年代，这位名叫李昌前的先生怎么会购买《鲁迅全集》？他的职业是什么？近半个世纪过去了，他是否健在？若在，他是否还记得自己曾经购买过的这套书籍呢？后来，他又是由于什么缘故将这套书当作废纸卖了呢？许多因书而起的疑惑连贯到一起，也许就能勾勒出自己和他人的某段经历。

当然，可以肯定的是，他不可能知道这本书在90年代中后期从安徽省东北部的一个县城几经流转到了我这里，而且在我的青少年时期，一度成为我人格生长、精神萌芽的催化剂。

后来这几个旧书摊不知何时就消失了，就像我不知道它们什么时候开始出现的一样。再后来，我读大学，就在家门口，爱淘旧书的习惯也依旧未变。那时，在合肥东市区有一个叫花冲的公园，每到周末，会有很多人摆个摊卖书，只是那时旧书已然少了许多，书摊上多了盗版书。在这些形形色色的书摊上，我相继淘到一度讳莫如深《天安门诗抄》和人民出版社的《中国近代史稿》等书，其中有一本上海古籍出版社的《中国古典文学基本知识丛书》中的《苏门四学士》，书中还夹着一张费翔演唱的《溜溜的她》的词曲图片和一张扎着两束马尾辫，身穿白色衬衫、深色外套，笑容腼腆的姑娘的照片。我想《溜溜的她》应该是这本书的前主人青年时期至爱的歌曲，否则何必颇费周章地将词曲打印出来，那时拍照、冲洗应该不是一件简单的事吧。这位照片上的姑娘，又和这本书的前主人有怎样的关系呢？能够赠送个人照片是否如同赠人青丝，表达爱慕？他们现在是否生活在一起，携手人生了呢？面对这本书，我这些零零散散的疑问背后，或许都是他们无数鲜活而真实的日子。

衣不如新，书不如旧。那些淘来的书，大都已经泛黄，在昏黄的书页上曾经流淌过它们的主人青涩的岁月和浅浅的时光。这些书曾经让它们的主人或受启迪而觉醒，或黯然神伤，抑或以某种力量影响了他们的一生。每当我读这些书，正是以一种属于我的姿态参与他们的故事。如今，日益繁盛的出版市场每年都会催生出大量上架新书，加之互联网阅读铺天盖地，纸质阅读似乎濒临消亡，还有多少人愿意买书、淘书呢？

我深知，一杯拿铁、一个 iPad 显然不能承载这些故纸情怀，更不能诠释书予个人精神成长和人类社会的多重意义。旧书似故人，我们在这些旧书的流转和传阅中，慢慢走进书的文字和人的故事。

那时，书还是书，又不只是书。

方晨

心不老，追梦往之

行有所愿，心有所盼，梦有所成。

曾几何时，我们都幻想过，将来自己会是年少有为的追梦人，如同老歌里唱的那样："让青春吹动了你的长发，让它牵引你的梦，不知不觉这城市的历史已记取了你的笑容。"

此时此刻，抑或是明年今日，你是否依稀记得心中曾经滚烫的梦想，原本是什么模样的吗？"越过山丘，才发现无人等候……喋喋不休，时不我予的哀愁。"诗人道不尽人生年华，有梦的人，更不会忘记曾经那些诚挚的拥抱。只是有时，岁月会使信心略显倦态，那个勇敢的追梦人也偶尔在平淡的光阴里学着稍息……

何谓梦想？以何追梦？何以坚守？

高山仰止，大海扬波。梦想，可以是渺小人类对浩瀚宇宙的无限遐想，而后以挑战者的姿态赋予这种遐想义无反顾的实践。我笃信一句话，人类因拥有梦想而伟大。跋山涉水，赏遍青红，山峰的后面是否还有山峰？心里那坚强的梦，陪着追梦人一次次经历不同的风景。如人饮水，冷暖自知。梦想，可以是平凡的人们对人生的平凡追求，实现价值，累积经验，创造更好的生活。

有些梦想，在远行的途中，破碎了，消亡了，沉寂了，而有些梦想，却成为我们自由翱翔的翅膀，成为我们遥望夜空的眼睛，成为我们拨开云雾的光明。

弗洛伊德认为，梦是被压抑的欲望和伪装起来的满足。然而，生命中一次次出现的历练告诉我们，有梦才有甜蜜。找到梦想，大胆地去追逐它，远远比敬畏梦想来得可贵。遥不可及的梦，正是因为人们一次次地追赶，才显得更加意义非凡。梦和我们的距离，在碰撞、交互、致意的过程中一点一点被拉近。

曾几何时，再伟岸的梦想也是一个弱小的孩提，但它就像是追梦人的影子，随心而动，不负所爱。青鸟衔石，爱垒山峦，它会从一颗石子儿开始，在漫长的时光中累积成因势而起、延绵不断的雄伟山脉，只因它愿意，只因追逐它的人乐此不疲。

岁月有加，心梦不老；摒弃理想，方堕暮年。我羡慕那些勇敢的人们，他们能把梦想视为生命中不可或缺的部分。追梦人，永远年轻，永远热泪盈眶。因为热爱，一路伴随他们的梦想，早已从心底的种子长成了高耸入云的会开花的树，面向晴阳，相约春风。我也愿意活成一棵树，开心的时候开花，不开心的时候落叶。当然，和大部分人一样，我渴望开心的时候多一些，再多一些……

生活嘛，向阳而生，追梦往之。

乔进礼

自行车

前两天，因为急于脱去了冬装，导致受风寒得了感冒。直到用了药后，才算好了。与妻子交流过后，她认为我主要是长期的伏案作业，实在是缺乏体育锻炼，身体素质下降，所以才动不动感冒。她建议家里添置一台跑步机，或者一辆自行车，二者可选其一。这不禁让我想到了整个少年时，与自行车的极大渊源。于是，毫不犹豫地选择了自行车，并以此为灵感，写下了这篇散文。

每一次提笔写散文，我都有一种强烈的今昔之感。我对于自行车的感觉，大约是在我有记忆之前。我的哥哥大我五岁，所以当我五六岁记事时，他已经会骑自行车了。我的弟弟小我三岁，所以等他五六岁时，我的哥哥已经是个少年。我清楚地记得，家里一开始是有辆凤凰牌大梁自行车。很多时候出去玩，只要是走远路，都是哥哥骑着自行车，弟弟坐在前面的梁上，我则坐在后座上。想起往事，念及哥哥目前的处境，真是忍不住又要泪湿双眸。只可惜，很多事情一旦发生，就如光阴一去不复返，很难再予以扭转了。

这辆凤凰牌自行车，家里使用了很多年，我也是用这辆自行车学会骑行的。先是不断地推自行车，然后用小梁在一边骑，骑一段时间后，再上大梁。大梁太高，够不着脚镫子，只能蹬上半圈，有时候上去了下不来，只能找棵树抱住，或者找一个麦秸垛直接倒在上面。当时我也就二三年级，七八岁的样子。整个小学，我对于自行车的记忆大概也就这些，真正与自行车结下不解之缘还是上初中。

我6岁读小学一年级，当时小学只有五年，所以我上初中时刚满11岁。这时我的哥哥已经初中毕业在家劳动，凤凰牌大梁自行车就成了我的座驾。当时，我就骑着那辆自行车，前往逻岗一中读书。一中离家约15里，平时住在学校，我每周五晚上回家一次，到周日晚上再回学校，来往的路上就是骑自行车。一开始，是有一些小伙伴的，多是同族的堂兄弟们。大家一起上学、放学，一路上说说笑笑，追玩打闹，颇有些热闹的氛围。

冬天下雪，是我们最欢喜的时候。乡镇公路上的雪，被来往车辆轧成了溜冰道，骑自行车很容易摔倒。尤其是我，上初一时个子也没长起来，还不能完全够着脚镫子，很难说保持自行车的平衡。稍微一个不留神，就容易摔倒，尽管冬天穿得厚，未必能摔得很疼，但是摔倒总是一件不光彩的事。于是，这时大家都是推着自行车，开始往前溜冰式地滑。如此，你追我赶，看谁不小心摔倒了，难免就是一阵哄笑。连摔倒的人，也并没有丝毫的沮丧，只是拍拍身上的雪，继续向前滑去。

上了初三，许多成绩不好的兄弟们陆续辍学，而有些成绩较好且家境富裕的伙伴，又都转到了县城里更好的学校。只有像我这样，成绩还可以，家境却不好的学生，只能留在镇一中继续读书。如此，便显得孤单起来。每次周末往返，都是一个人，有时候长路漫漫，也不知在胡思乱想些什么，更多时候是花季少男的一些无谓的情思。初三上学期的时候，母亲的身体已经很不好了。有一次，我在非周末时回家探望母亲，第二天凌晨4点开始骑自行车赶往学校，以不误学校5点多的早自习。

常言说，黎明前的黑暗，大概说的就是这个时候。夜色极黑，且极静，唯有漫天的繁星和不知什么鸟发出的怪叫，田野里的庄稼已经收割完毕，田野里唯有土坟，鼓起了一个个包。当时不知道是什么原因，我竟有如此大的胆子。如果是现在，即使是开汽车，一个人在那样的时辰走在那样的道路上，难免也是有些发怵的。

  初中时，骑自行车还有一段温暖的经历。有一次，周五放学，我骑着这辆凤凰牌大梁自行车，刚刚走出校门没多远，就发现自行车的齿轮出了故障，家乡话就是滑轮了。没有办法，我只能推着往前走。没想到，这时碰到了我们读小学时的老校长黄本琴。黄校长是我母亲的远房表兄，我平时也称其表舅。他在我读小学时就常对我母亲说："这个孩子要好好供用，肯定是可以读大学的。"当时，我才不过几岁，且成绩时好时坏，不知他据何得出了如此的结论，但这些话肯定对我本人和家人，都有一种强烈的心理暗示，以至于读大学走出去成为我顺理成章、不得不为的事。

  黄校长也正骑着自行车，只是他的自行车是新式的，没有我的自行车大。他看到了我的窘境，问明了情况，正好他有一根绳子，于是将绳子一头拴在了他的自行车后座上，一头拴在我的自行车把上。我们两人都上了自行车，只是我的自行车使不上力，全靠他一个人，带动我们两辆自行车。于是，公路上就有了这样一个画面：一个大人骑着一辆小一点的自行车，拖着一个小孩骑着一辆大自行车，颇有些滑稽。当他把我放下时，我分明看到了他额头上的汗珠。这件事在我的脑海中，至今记忆犹新。黄校长所在的村子，离我家也就2里路左右，接下来的一点路，我就推着回到了家。

  与这件事有异曲同工之妙的还有一件，则是发生在我读高一时。我读高中后，在宁陵县第一高级中学，离家约40里，每两个星期回家过一次周末，来往工具仍然是这辆凤凰牌大梁自行车。我的族兄大伟、志坚与我同校，只是高我一个年级。很多时候，我们会一起往返。有一次我返校时，我的自行车又出现了齿轮故障。当时路才走了一半，又找不到绳子，怎么办呢？大伟让我骑上自行车，拉着他的胳膊一直到了学校。大伟远比我高大健壮，当时的兄弟情义又远比后来的纯粹、美好，如何不让人感慨岁月的变迁呢？而我的感谢方式，只是两块钱一碗的烩面、一瓶啤酒而已。

再后来，凤凰牌大梁自行车的故障实在太多，我对其也失去了耐心，放在学校一个月没有骑，也不知道被谁偷了去，再也找不到了。接下来的一年，又换了一辆小自行车，可是我个子已经长成，骑着总是有点伸不开腿，骑了一年，竟然断了梁。再之后，到了高三，学习任务加重，每个月才回家一次，而且离家较近的地方开通了公交车，也就不再骑自行车了。读大学至今辗转在外，一直很少接触自行车。

有一段时间，我对自行车是颇为反感的，总是觉得那是落后和不方便的工具。工作后颇为勤奋，再加上一些前辈的提携，逐渐在上海落了脚，在交通工具上先是买了电动摩托车，后来又在亲人的帮助下买了第一辆汽车，之后又买了第二辆汽车。从此，出远门就开汽车，到附近就骑电动摩托车。对于自行车，我从来是不屑一顾的。风靡一时的共享单车，也没有骑过几次。

没想到，这段时间感觉身体素质越来越差，再不像青少年时如野草般不怕风吹日晒的模样，这才又想起了少年的伙伴——自行车。自行车我买了一辆高大的，我骑着脚尖勉强可着地，先是带着妻子出去兜了兜风，早上又载着儿子去上学。这与我刚买第一辆电动摩托车和第一辆汽车时，带着妻儿去兜风的心情，可谓大不相同。人有时候就是这样，在经历了很多之后，忽然又怀念一种返璞归真的美。

我想，如果我没有电动摩托车，也没有汽车，会不会有这样的心境，来骑一辆自行车呢？会不会觉得骑自行车太过寒酸，唯恐别人看不起呢？前几天有个老同事发了一条朋友圈，提出了一个问题："鱼有了水就会自在，人有什么才会自在？"我当时的脑海里跳出的第一个答案是："人有了钱才会自在。"可是我又不敢确信这个答案的正确性，仔细一想觉得很多有钱人也未必自在，朋友当中也有些比较富裕且负担较小的，却未感觉到他们的自在。

　　我买了自行车后，才忽然想到，或许，当一个人没有摩托车，也没有汽车，或者失去了这些，仍能够开心地骑一辆自行车，并甘于如此度过此生，不与任何人攀比，真正做到了心不为形役，这才是所谓的自在吧。

马俊

外婆,我想您

每当夜深人静,我总会想起外婆,那些温馨、甜蜜的回忆会涌上心头,让我流泪。小时候,我不知道愁为何物,因为外婆的爱是毫无保留的,是无须任何理由的爱。和父母的爱不同,外婆哪怕是偶尔的严词厉色也没有,与外婆共处是无任何负担的。

每个暑假,我都要到外婆家住上几天,早上赖床,醒了也不立刻起床,闭着眼睛,却忍不住动脚趾玩,外婆见了就轻拍下我的脚,笑骂道:"这小姑娘,装睡!"因为小学就在外婆家对面,隔着一座桥、一条马路,每天放学,外婆雷打不动地来接,过马路时总不肯松开我的手,直到现在我都习惯过马路的时候要牵着个人才好,独自过马路时总有些畏惧。外婆总给我买大而实用的发夹,因为她说把头发扎起来精神。她还会经常给我零花钱,怕我没钱花,我告诉她我有钱,她不信,我就拿钱包给她看,几乎每次她都会笑笑说:"奶奶有钱,拿去花。"边说边硬是把钱塞到我的口袋里。考上大学后,第一次拿到奖学金,我给外婆包了个红包,那时她已开始因病而听力下降,我大声地在她耳边解释:"这是我读书读得好,学校奖的,您得收。"记得外婆笑得很开心,说我有良心。那时,我还说:"该换我给您零花钱了,等我上班后会更好的。"外婆生病住院,我去看她,她总是对病友们炫耀："这是小女儿家的双胞胎，做老师的，大学生。"学驾驶那会儿去医院看外婆，外婆对我说："学好了以后开车来接我出院。"

我也总想起外婆在医院的最后一天，当我和爸妈赶到医院时外婆躺在床上已无气息，再也回应不了我的呼唤。

以前每隔一个星期，我都要去看您，哪怕忙，坐上五分钟，不说话，让您看我一眼也好，可是现在"子欲养而亲不待"，我好想再抱抱您，再用我的面霜给您擦脸，然后听您说："香来。"

外婆，我想您。

魏叶

或许，我们已见过最后一面

黄梅时节，阴雨绵绵不绝，离愁别绪悄然涌上心头。

前些天，大学室友回老家甘肃去了，即便交通便利，但我们都知道，我们相见的机会也不多了。

告别那天也下着雨，原本如往常般高兴地道别，但忽然止不住地想抱抱她，眼泪忽地涌了出来。"或许，我们已见过最后一面。"脑海中不时冒出这句话来。

地铁外的雨淅淅沥沥，我心中的雨却已瓢泼，于室友，我们今生还能相见，但许多人却是见不着了，有些是只有一面之缘，有些则是缘尽了，但我却没来得及告别，比如我的外公。

外公的去世，总让我有负罪感。2017年国庆，我在越南遇到飞车党抢劫摔断了手，飞机降落浦东机场已是深夜，第二日一早便匆匆上医院做手术，也是那日，外公出事了。

外公从城东搬来城西同住了数年，保留了每日去城东和老友聚聚或是喝茶的习惯，风雨无阻。

而那天，那个我连一句"我回来了"都没来得及说的日子里，外公晕倒了。外公晕倒在马路上时，我在手术中；外公被送进医院时，我麻药刚醒；外公离世时，我在和剧痛做斗争。冥冥之中注定，这是一场无法道别的离别，我在九亭医院，他在中心医院。

其实，我们已见过最后一面。

就在我飞往越南的那天，我们一起吃了晚饭。我已经不记得我们是如何道别的，又或许没有道别，也正因此，每每在清明、冬至想起外公时，却又不知该说什么。或许，我没有执着去越南旅游，就不会发生后面的一系列事情，可外公的故事已经在那天画上了句号。每当提起笔想写些什么时，又不知如何落笔，又该说些什么。

清明时想说，记得带伞；冬至时想说，小心天凉，但面对墓碑，我一句话都说不出。好在，那个印象中笑起来眯着眼、不爱说话的外公，和外婆在青松翠柏中再次相遇了。

对于外公的记忆，也着实不多。很多人就是这样，挥挥衣袖什么都没留下，连句道别都没留下。

"或许，我们已见过最后一面。"初读这句话时我还在读书，那时候不懂"明日隔山岳，世事两茫茫"的无能为力；那时候不明"日暮酒醒人已远"的无可奈何；那时候曾觉得这只是文艺青年们的"为赋新词强说愁"。

如今，这句话早在我脑海中翻涌了数十遍。原来每一次相见都是一份幸运，缘分是奇妙的，哪一天缘尽了，说不定都来不及道别，一如我的外公！

黄梅时节雨，冲走寒冬，冲走清明哀容，却冲不散离愁别绪，只叹："原来，我们已见过最后一面。"

回忆里的松江二中

每年，它迎来稚气未脱、求知若渴的学子，又送走踌躇满志、意气风发的毕业生；百年间聚散离合终有时，但只要松江二中伫立于此，就好似时间从未溜走，那时老师未老，同学未变。

如今，它依旧伫立，却和记忆中的样子，有了些许差别。

轻步于这片校园，是哪片落叶勾起了往事？又是哪块石板牵扯了回忆？是满栽悬铃木的林荫道，是五四楼旁漫天的银杏，还是那句"金秋十月，丹桂飘香"？终归每个人心中都有一个别样的松江二中。

松江二中在百年间蹚过了曲折的河流，见证了松江的变迁、时代的更替。

在70多年前就读于此的奶奶口中，它名为江苏省立松江女子中学，她读书时的女中仅有两栋教学楼，树人院那时便已存在，六一楼、五一楼和五四楼还未建。

那时候他们的课业没那么繁忙，她说课余时间学生们还需搬砖建新楼。"回去看了，我们搬砖建的楼好像是现在的图书馆。"她曾骄傲地说道，"我还在城楼上唱歌、指挥呢。"

她说那时候的生活很苦，食堂的菜经常是加盐巴的豆渣。一周回一次家，住宿生需要排队洗衣服。奶奶曾感叹："有个张姓女同学擅自到河边洗衣服，违反了不能出校门的校规，被开除了，但她后来竟然又重新考进来了。"

"快打仗的时候，校长去了台湾……"一段段回忆在奶奶口中缓缓道出，却也因为年过九十而自责自己已记不清。

70多年好似一眨眼，当年的学子已白发苍苍，他们或许记不完整少时的读书岁月，记忆的深处却铭刻着松江二中。

而母亲口中的松江二中，是有初中部和高中部的，她最美好的六年都在这里。

不住宿的她，冬季上完早自习、早跑后，住宿生赶去食堂吃早饭，通学生则邀上三五好友跳皮筋、扔沙包，或是静静坐在书桌前看书。

40年前的课业没那么重，但一周上六天课。劳动课上，同学们把小花园的路扫得干干净净，有时到操场上去拔草，结束后躲在草堆里嬉闹的笑声，一直萦绕在耳边；学农的时间虽然很短，但新奇而快乐，或是到现在集成堂附近的农田里种蚕豆、毛豆等，又或是到北门那边的农村拾麦穗。

她印象最深的就是生物解剖课，班里男生一起去抓癞蛤蟆。课后，老师把癞蛤蟆煮了分给每个人，"同学们都说味道好"。

她回忆里，食堂的肉圆、红烧肉特别好吃。和现在集成堂不同，那时的集成堂没有三层楼，南边的红楼也还不是图书馆，东西两栋红楼，曾是学生宿舍，而树人院当年也曾作为阅览室和教室。

很多东西在变化，40年前的小树现都已长成了参天大树。五四楼边上的银杏树，也要一人合抱了，但不变的是，秋日里放眼望去皆金色，与红楼交相辉映更是一幅妙景。

母亲笑着说："现在我还保留着以前的校徽。"相处的画面成了记忆，但是景色未变，留下的物件也都证明着他们在松江二中度过了那些快乐的时光。

如今，矿渣铺成的跑道早已换成了塑胶跑道，学校有了游泳馆，新建了许多大楼，翻新加固了原有的教学楼。从北门车库往教室走的路上，有着不同的景色，悬铃木的大道、静立的水塔，在我每个上学的清晨与众人打着招呼……

十年前的我总是踏着铃声进入教室，如今广播操换了一套又一套，也就主席台在那站了几十年，岿然不动。那时每当开运动会，一曲《运动员进行曲》从主席台的广播中缓缓播放时，便是大伙儿最高兴、最放松的几天了。

回忆里，虽然有十余门课程需要学习，但是课余生活却也是十分丰富，特别是扩展课，机器人制作、书法练习……样样都有。体育活动课也是精彩纷呈，三五成群玩着各色球类运动。元宵游园会、红歌赛等活动，也是热闹非凡。

等到放学铃声响起，许多同学会选择留校自习，于是成群结队去食堂吃饭，或是在小卖部里买些零食。那时候，食堂二楼的扎肉最好吃。有次，毕业后再去吃，却发现掌勺的老师傅退休了，便再也尝不出那个味道了……

十七八岁的时光，串起了我们难忘的松江二中。

徐小冰

生于在场的散文诗

认识一个人，是从她的名字开始的，互换姓名，彼此共同经验世界，从言语一直到命运，最后回到这像一个核心一样不断重生光芒的名字，认识一个文体也是。如若我们欲了解何为散文诗，题眼仍在其命名——散文诗。

须知，散文诗并非遵循文体标准创作的产物，而是作家写作实践的自然孕物。它与诗歌一样，是对世界的想象方式。因此关于散文诗，一种更诚实的表述是——我们写作，并后知后觉地从这自然生成的文本中反向指认出了散文诗。

如果如马拉美所说，理想诗歌是用语言材料建构的纯粹音乐，同时通过直觉、情感和想象经验世界，而理想散文是通过对现存世界的观察，通过知性理解与逻辑思考经验世界，那么散文诗这种以诗的灵魂撑起散文肉体的特殊文体，其不可替代的自我孕育方式就在于，它在散文般的现实肌理中领悟并实现了诗一般自由的可能世界。

因此，在广西贺州黄姚古镇第四届星星全国青年散文诗人笔会上讨论散文诗在场性介入的时候，就意味着我们已经潜在地达成了一个共识，即无论散文诗创作是在何种层面上高蹈，都必然以某种在场性与现实有关。我想进一步提出的是，更精确地说，散文诗不是介入现实，而正是生于在场。我们此刻的探讨亦是在反思，我们已然在作品中呈现的在场何以是可能的。

于是借题我进行了一次求索，我得到的结论姑且是——散文诗主要从两个层面生于在场。首先，文化层面的在场，是让陌生的我们彼此连接，这是散文的优势；其次，语言层面的在场，即语言对其自身的反思，此乃诗的野心——归根结底，在场即我们对自我与世界永恒进行的认识与再认识。

关于对在场的思考，阿甘本有一篇关于同时代人的经典论述。他说，同时代人，确切地说，就是能够用笔蘸取当下的晦暗来进行写作的人。是的，当下是晦暗的胜过它是光明的，这里的晦暗不仅在于当代在历史中尚无法定位的暧昧，更在于当我们依附于时代却又自觉地不与时代之洪流相裹挟时，本来清晰的所谓大势所趋成了亟须反思的历史泥沙。

因而写作者对晦暗的承认与思考本身就是一种行动，去感知并寻找真正属于这个时代的光芒，并做出无限逼近的绝望之努力。由是，我们会发现，文本对当下在文化层面上的在场，一定不是现实主义般的严谨叙述，而毋宁是一块棱镜，所有历史线索、所有思绪、所有想象都在此交汇，彼此交叠如孕育生命，写作的历程将作家带往未知的所在，这里的历史如预言，预言如想象，想象如命运，这里的天地一开，文本里的当下就给出了它最完满的真实、最清疏的在场。

当我们面对眼前这个当下，则会发现，当代自由主义的生产模式的现实是，我们内化着一种以规训为内核的自利观念，以自由的名义在自我权能的宣扬中彻底迷失，暴露出了彻底的虚弱，虚弱到只能自我指陈。我们的现实是我们不再有能力对他者报以真诚的关心，他者是无须触碰的窗景，其境况是一种文化想象，其存在形态是被渔利的资源。

于是我们的在场性就必不体现在如此境遇的自我重复，而恰是去在如此的群体经验与历史经验中创造出一些不一样的价值、不一样的标准，提供一些使生命重新丰满起来的想象力,去探寻如何才能让"他者"这个空洞的语词通过诗写重新打开我们的在场,如何重新确认生命与生命之间最初的锚定,如何在孤岛化的个人之间建立一种互不占有,却又紧密相连的非同一关系,让真正的亲密与和谐成为可能,让我们步履不停的同时,也永远都不要相互忘记。

毕竟,在场是散文诗最美妙的宿命。

云间笔会
2021

诗　词

何居华

这片土地是温暖的（外二首）

冬天我看见一只鸟　寒战地
站立枝头　树上的叶子
早已不知去向　我想告诉它
脚下这片土地是温暖的

那鸟扑棱翅膀　一阵旋风
雪花落满我一身　我想
它是否在用飞翔告诉我
雪花是保暖的

我发现脚下的小草
在雪中欠着身子　几棵草
伸出雪外　似乎在用同样的声音说
我们生长的这片土地是温暖的

孤独的燕子

深秋　我看见一只燕子
一只受伤的燕子　为保护小燕
让无知的弹弓打断了腿
温暖的南方不再属于它

雌燕带走了它们的燕儿
它留下来和我一起过冬
冰雪融化时　我治好了它的伤
它又可以衔泥筑巢了

多漂亮的新居　可空荡荡的
只有一只燕子和我一个人

山里的夜色

柴马架　摆在山垭口
像一个马槽　等待落日
来这里加料

稻桩擦亮的镰刀　一弯新月
割得满天星星蹦蹦跳跳

院坝里　一驾马车空着

马鞭就插在辕木旁

马车夫在打盹儿　嘴里喷着酒气
有人粗声粗气地喊　谁执鞭
把这山里的夜色拉走

王迎高

梵册贝叶（外一首）
——给松江贝叶书店

在一只贝的介壳，刻上褶皱纹理和黄金屋。
在一片叶的梵册，印染思考的鸟鸣与颜如玉。

从一张纸的厚积薄发，解码书山有路，学海无涯。
以一本书的无师自通，学会在人生的路上填词造句。

其实，有很多的美好是从阅读中潜移而默化。
比如那些温暖的铅字呈现着弥足珍贵和苦尽甘来。
其实，有很多的幸福是把语言的优美写给你看。
比如那些在沉浮中携着你的手走向爬坡的阶梯。

也是，一杯小喜悦有时就隐藏在一眼回眸、一次相聚。
一程小享受就是有几章段落柔软心灵，尽管泪流满面。
也是，一幕小陶醉可能是每天的一缕墨香、一柳月影。
一股小甜蜜总是在一束花蕾绽放时被一只小蜜蜂摇醒。

在贝叶，一群将文字走成亲戚的人。

他们放下疲惫，用书籍传递人间真情。

他们把时针拨慢，把安静还给荏苒时光。

让视觉深入一行里的珍惜，浅出一页内的感恩。

在贝叶，每个人心中都有一爿最美书店。

他们在最美文汇路成为文字的最美守护者。

成为一本佳作的最美陪伴、最美分享和最美风景。

在黑渡口，想你
——给黑渡口水景茶楼

安放欲望，养眼舒颜的地方。

协调情绪，无悔岁月的地方。

想你，举十知九，十鹿九回头，十里长街上都是你。

想你，在夜的堤坝，一条船装满了最美的邂逅和认同。

想你，把你想成泊的绝渡逢舟、渡河香象。

想你，把你比成聚的愉悦、先苦后甜与寝不安席、食不甘味。

只要有一杯水，一支桨的广富林就能撑起一根篙的水波涟漪。

只要一杯水里泡着有你，一片叶的落地窗就会降卷一帘印月目光。

在你的驳岸，心静下来，抿一口漾在水面的霁月。

就能够听见一曲沉鱼落雁和鱼水相欢的轻盈楚舞与泉眼吴歌。

雨水疲惫的下午，一壶普洱端出一份紫砂暖煦。

一杯龙井扶起一程不空不昧、为你而浮和汤色缘定。

黑渡口，茶是涛声，是酒是诗，是艺是画，是思源和修身。

是沏的互让、赏的相敬、闻的陶冶、饮的礼仪、品的天下茶人是一家。

指尖滑过琴弦。

一串串音符在杯中歌舞升平与谈笑自若。

在你的杯中，那一只只看世界的眼，越来越淡，越来越清。

多好，一张桌子摆着你欲罢不能的唇红和琪绿。

一只杯盏绽放着你恰到沸点的隐约烟火和水墨知乎。

只想多待一会儿，在黑的暗亮处脱去灵魂的衣服。

在黑的流水处抱紧你内心的饴盐和舌尖上的初涩。

一撮星辰可以泡出一瓯书法韵、一壶良渚茗。

一勺人品可以滋味一罐宁静温和、一碗谦逊与冲淡闲洁。

一杯站起来的水，有九峰的关节、泖河的腰身和知也禅寺的钟声。

一杯斜着背的水，肩上挑着护珠宝光塔的云朵和"登览者极江海之观"。

这真的是一杯陪伴、惦记、奔跑中的心率和睡不着的口渴。

是一杯彼此间的信任、醇厚、思悟、做人的温度与有你正好。

是一块良田、一处皇甫林的晓雾晨曦和"斜月未堕山，烟中市声起"。

更是一杯向善走的台阶，慢慢长大认识自己以及吊足胃口的热播剧。

喜欢黑，因为你名字里有一个黑在点睛。

因为黑的肺腑里呼吸的是在乎、相濡以沫和放下空杯。

因为黑的渡口在我们之间美得让心噤瑟，让情地老天荒。

黑的地方，

总有星星藏在天穹之上撩开胸衣哺乳白驹。

总有一条筏渡浸湿自己，载着一船摇晃的人间。

云间方圆

草木之间（外三首）

一柄茶
让我看见
草木之间的古道

一匹马
驮着茶和诗歌
走遍山水和远方

一杯水
草木之间品味
人生的上下浮动

人静桂花分外香

夜已深
华亭湖畔月光明

轩窗内

品茗独看红楼

长安城内

桂花夏家惹事多

桂花满城香

秋意正浓

夏日私语

雨后的乡村

雷声

还在天边回荡

荷塘里的夏虫

躲在叶子下

窃窃私语

她们在悄悄商量

朝霞夕阳

还有巧度漫长的夏

益母草

你化身为草

让孩提时的我
看到小小的庭院
到处都是你

稍大才知道
这是奶奶特意请来的
你是
奶奶手中特有的利器

你是观音的柳枝
让奶奶救活了
多少死亡线上的产妇
让欢乐的笑声
回荡在故乡

是你滋润了江南水乡
益母草啊益母草
你难道仅仅是益母吗

半岛

松江是一座修心的城（组诗）

曹品芳

三十年前佘山中学的打字员
他是个残疾人，临时工
用十五个夜，打出我的第一部诗集

我任何形式的酬谢都遭他拒绝
问他为何这样尽力
他说喜欢我这样一视同仁的教师

他不懂诗，我读他打字的诗时
每个字都一跳一跳的
是他的心，赤红赤红

相

学生娃见我亲切

陌生人见我和蔼
我见我舒坦

年轻时我病魔缠身
狂、伪、贪、嗔、色
放纵自由，面目可憎

三十年来我修佛、儒、道
炼出一枚善丸
医好了上面的病

浦江首的雷电

老家住浦江首，夏日多雷电
闪电如火树，烧破天空
雷声如重炮，碾压村庄

高家违章搭建的屋角被雷电斩首
俞家高过邻家的屋脊被雷电削平
雷电爱憎分明，只伤屋不伤人

有一年，轰隆轰隆
一支闪电叫着冲进宋家前门
拐个弯，绕过我，冲出后门
华亭湖的味

午后，我准点到重残母亲的床前

母亲总批评我
身上有一股泥腥味、水草味

那是华亭湖的味,清晨
我加入野泳的队伍
染上湖的味

母亲知道我体弱多病
不知道为了服侍她
湖在锻造我的体魄

父亲节

我四岁时
父亲英年早逝
我只记得他一件事

家里没米,我偷吃他的药充饥
他怕我吃坏身体
从病榻上挣扎起来驱赶

这件事我记了一辈子
也一辈子记住了父亲
记住了一辈子做个有爱的父亲

沈亚娟

致敬卫国戍边英雄（外二首）

青山凝眺泪难干，
折翅雏鹰葬雪滩。
驱寇宁须流血尽，
卫疆不可失沙丸。
五雄身架昆仑脊，
九域民安社稷盘。
面向边陲三叩首，
长呼壮美远峰看。

奉贤吴塘村明代五百岁牡丹

粉艳牡丹殊可亲，
当年惠赠故乡人。
三分沃土植嘉谊，
五百芳春避垢尘。
金宅迁居虽抱憾，

花王仍在感怀真。
漫谈风雨护花史，
八秩阿婆如女神。

游浙北大峡谷

曲溪岩径密林深，
异石奇峰飞瀑吟。
峡里江源玉兰艳，
原来申浙是连襟。

王福友

让我说（外二首）

一双透视夜晚的眼睛
愈加深邃了
它看穿的是内心
黑暗。有许多念头解脱出来
往有光的地方走

可以选择放弃，也可以跟随
我总是小心翼翼地丈量微小的胆怯
咳嗽，要能忍住
一根烟头完全不在状态

蹲在阴影里，此刻
多么需要悲伤的力量
来陪伴。来拯救

我说出这些

心头突然空洞

戳　穿

地面干净，可以找到自己
麻雀淹没于忙碌中
好事者旁生枝节
便于为他日留下证词

树在风中萧瑟，叶子落下
寒意大举侵犯
被剥夺者竖起白旗

大地自有应对的策略
它轻描淡写，一一收藏
我唯一能做的
就是用一双眼睛、一支笔
在原地蹲守
再向世人逐个揭穿

别轻易说出

静观。须格外谨慎
天气已改写面容
有些词语停顿在枝上
它们在自造的氛围里，梳理头绪

无须抬头看那些屋脊
一切都是现成的存在
逗留，或者打开，全凭自己做主

无须顾及太多
细节有时会出其不意呈现
如果你的眼睛看到荒谬
请三缄其口。别自以为破译了其中的密码
哪怕只是不小心地说出

梅芷

昼伏夜出的老鼠（外三首）

我是只昼伏夜出的老鼠，趁同类蛰居在巢穴时，独自出来活动。

家里很快要断粮了，超市里可能有魔鬼，趁夜深人静放松警惕时，从他的利爪下抢些，猪肉、青菜、萝卜、香蕉、面条……

现在，又出门了，戴上口罩、眼镜、手套，去看望独居的母亲。

路上空荡荡的，高大繁茂的香樟树彼此相对，静穆无言，之间一辆辆汽车安静地趴着，向远处延展着两条长龙。没有酒驾、劫财，没有寻衅滋事，没有情感纠葛的男女，没有好色的眼睛。现在的人要么是病毒的宿主，要么是病毒产生的病毒的宿主。

路上，偶尔出现一两个人，他们都躲得我远远的，哪怕是温良恭俭让纯洁善良的女子。上帝是否对人类种下了蛊，我无法辩解，上帝的事无法知晓。

从西门进，避过了绕远、温度计、怀疑、大妈们的热忱和尽心尽责。一个穿制服的人，不管疑似、潜伏，看我面熟，放过。

林立的楼房，或明或暗的灯光，凝固一样的寂静。阳台上，一个男人的粗暴、发怒的声音打破了小区的死寂。此时我没有好奇心，离远些，飘洒下来的，语言是利刃也比不过同是口中的唾沫。

轻敲母亲家的门，母亲知是我，高兴地开了门。坐一起面对面说话，聊聊家常，问家里还有吃的哇，拿出以前人家送的吃的给我。

外面疫情汹涌、病毒纷扬，母爱的怀抱能接纳孩子的看望、夜色和不慎沾染的病毒，她赤裸的诚挚，不用口罩、手套和隔阂，只用老屋的一盏灯，多少年的每一个夜晚，暖暖。

空椅子

每次上这个班的课，那把空椅子总是让我有些难受和失落，三面围起来特制的椅子盛着孩子荒凉的童年。

孩子的一生从开始就种下了不同的宿命。双脚禁锢在自己的身体里，限制了身体之外的世界和思考、情感。那把空椅子是停止键，按下了双脚，也想按下手耳、大脑……牢笼一般将岁月的山高水长、花香鸟鸣围困成荒山死水。

升旗仪式后，我走向独自坐在椅子上的孩子。天真无邪的笑容遮蔽了双足的虚设，在四周孩子们的欢声笑语里没有了沟壑，但我莫名地心酸了一下。

"学习成绩很不错，阿姨手机不会的地方他都会……"保姆的话点亮了他身体闪光的地方，让我想起僵硬脖子上霍金侧着的脸和深邃的目光。

"上帝关上一扇门的同时也会为你打开了一扇窗"，心灵的翅膀透过窗户飞往浩瀚的宇宙，我看到晨曦穿过浓雾照在空椅子上，散发着暖色的光晕。

无声的镜像

香樟迎风起舞，鸟儿婉转歌唱，这是有声有色的世界，而地上，是无声的黑白的静默。那阴晴柔和的光影，是姿容的临水照镜，是絮语的回应，是心灵直白的投射。

影子的翕动来源于风和枝叶的合作，如少女一泓湖水，悲痛的风暴掀起波澜，晴和的阳光又微波荡漾着恬淡和宁静。任心湖起伏，她无法发声，只是用另一种形式转述事物本来的样子。阴阳的此消彼长、相生相克，是现实最好的折射，也是最难参透的禅意。

忽然想到生命里逝去的人，已然不能发声。行走的人，身上有他们的影子和积淀的记忆。黑白的静默无声总给我们一些启示和慰藉。

东门菜场感想

春节前的菜场，摩肩接踵的是不同人的诉求。菜场混合各种声音和气味，各种混合的大杂烩无不显示底层社会的气息，然而这却是生命的花、果需要的根基和命脉。

大地捧出了泥土里孕育的精华、爱的温馨、人间烟火的祥和静美。绿油油的青菜、水灵灵的萝卜……他们多像农民兄弟，朴实无华又羞于表达，毫无保留地把最珍贵的东西给苍生黎民的每一个晨钟暮鼓。

大地塑造、岁月雕刻我们。从泥土里来，又回归泥土。大地怀抱我们的生死、成长和索取，暖暖的呵护让我们一生衣食无忧、风雨无愁。

夏青

梅园（外二首）

等不来折枝的人
花瓣已开始凋零
剪刀还没有砂磨，红梅
渗出血。

先于立春开放，不合时宜
先于叶的怒放，总有风险
鸟雀在绿林里叽喳
食花者起身。

屋脊开出佛光的花朵
做义工的女子，捻香点烛
香客纷至，念念有词
那些祝福，不可相告。

后院里，开始酝酿春意

豆芽迫不及待伸出佛指
光线从木窗斜射进来
茶香与佛香融在空中。

方丈行走梅花园
微笑泛出善意
大年初一，不得动刀
梅花自然落瓣，义工收起袈裟。

我在春天里荡着秋千

一个来回，数一个数
总会细微差别，相似重叠
我在这个春天荡秋千
耳朵叠加起一些叮嘱
原本这玩意儿，是岁月年轮的祈福

老猎手，在无禁锢的那些年
一支猎枪是标配
他身手敏捷，在深沟，能用
野藤来回穿行，他打野鸡和麻雀

家里有台老式落地钟，西洋的
摆锤像秋千，这来回不是重复
是在数数，每个来回是在跑时光
每年立春调一次，可以走到秋天

这个春天，我好似在荡秋千
重叠着一样的日子
窗前的榉树随风来回
鸟雀落下飞上

摹　夏

我把这张 A4 纸翻个身，
这样的厚度，若轻些落笔
或用淡色描绘，背面
还会是什么也没发生一样的清白。

而这一次不同，浓烈墨色
和近乎臆想症的杂涂
已超出了经验的想象，
渗透，已接近击穿。

在六月日光之下，轻轻落放
似有无形之重向正面倾斜。
那道深深的折痕，反转之后
像一座笔挺的山脊。

那些渗透接近击穿的黑色，
我试着用并不专业的笔，
把它描成梅花、菊花、向日葵，
让那些墨色与浓杂化成涅槃的给养。

王民胜

望月（外二首）

有人望月是为了相思
有人望月是为了乡愁
而我是为了什么呢
总是莫名来到记忆的桥头

并不是怕你孤单
你有繁星为伴
也不期望你的热情
清冷是你的本性

在你消瘦和丰满的循环中
我渴望把你读懂
哪怕只是三百六十分之一
那也是对圆的寻寻觅觅

或许水中盈盈的容颜

才能泄露你情感的弱点

一丝微风

就让你泪流满面

野百合

是孤独,还是寂寞

在慵懒的风里

摇曳于寂静的山坡

是清闲,还是安乐

潺潺的溪水里

青春,在日升月落

是淡漠,还是冷落

发淡淡的清香

远离,人世的诱惑

一 定

清早,晨光轻吻在小草的额头

如你一句细心的问候

温暖

让灵魂有了最好的陪伴

虽然小草先于我歌唱

虽然还是错过了晨曦第一缕阳光

傍晚，恋恋的斜晖停留在路口
如你一步一步的回首
不舍
爬满了时钟每一个空格
虽然路与路交织成网
虽然漏掉了傍晚的最后一抹夕阳

一定有哪棵小草被辉映成金色
一定有某个指针会停留某一刻

漫尘

梦见一头鹿（外一首）

是的，它就是从一团雾气中跳出来
或者说，它本身就是一团雾气

像一只大猫蜷伏过来。曲线柔和
那梅花的斑点随着呼吸，浮动

我抚摸它脊背，感受柔滑的茸毛下
肌肉的温度，细微的颤动，很友善

只有脑袋顶，那暗藏的骨质
有被切割的刺啦感，硌疼我指肚

我想象它鹿茸招展的样子，林子里
缠着浅白色雾气，在白桦树丛回眸

就真的生长出来了，湿漉漉的

散发青春气息，朝着虚空黝亮生长

就这样，它鹿茸招展，眸子闪烁
从我身旁站起来，犹豫而又决绝

朝林子里某个倏然移动的亮光跑去
它准又闯进了另一个人的梦境

相 逢

除夕夜，团团围坐的人们
在灯光、热气和酒花中
发出叮叮当当的响声
他们的话语闪着金属般的光泽
欢乐的表情已经超越了
日常、理性、真实的界限

我发现一个青涩少年
偏坐一隅，局促不安
眼里流露出困惑甚至惊恐的神色
像一只丛林雪兔
被赶到了集市

他双手攥住衣角
有时又紧张地摩挲双膝
他格格不入，孤独的另类

被欢腾的热浪冲得
疲乏而伤感

我仿佛找到了几十年前的我
从现在意识恍惚、蓬松的躯体
逃离出来
坐在我对面，沉寂而苍凉

子薇

正是芍药季（外二首）

我摘一枝白芍出门
想来你的月季墙已馥郁
过小木桥，停顿须臾
仿佛此地的三朵曼陀罗花
依旧柔弱，风舞动天使
和琴弦
发出沙沙声响
是孩子们在洼地的细沙里
欢闹，惊起几只乌鸦
曼陀罗芳华不再。只有几棵泥胡菜
陪伴脚踝边的斑种草和即将
远行的蒲公英
绕过小环岛，几簇高大的棕榈树
脑海陡然升腾起一股清流
还在吗？绵枣儿
还在吗？绶草

还在吗?我热爱的山楂树
四面沉寂,对过
你家的
月季花爬满篱笆墙
花语嗡嗡响
而你不在,我们错
过了芍药季和一面月季墙

灵魂绿道

是从出口,小径
山野的方向
听到的
如涛海叮咛与期盼
这些敬畏的脚步声
汇入江河莽原
这一天
祭奠先祖先贤
放飞绵长思念
我们攀山越岭
越过苔藓茶山和清泉寺
吃清明果,踏青
踏出灵魂绿道
守护内心的清明

谷 雨

我看到鹤立云间

鹤回过头，弹一把竖琴

茸城绿大地，水波咿呀

油菜花开出了画框

紫竹的娃娃们，纷纷

自立门户

百年绣球，散发谷雨

茶的甘甜，花瓣飘落

一刹那的身影，仿佛是

仓颉造字，来呀

你来触摸这朵绿牡丹

伊说，谷雨的牡丹是

神灵，哦我们的心里

还浸润着

芍药花香，瓦花的坚韧

一个中午，我俩把

醉白池的春天

溢在喉咙口

李潇

时间是有光的（外三首）

临睡前我刚想到时光二字
它的前缀和后缀们纷纷跳出
非要我从它们中间选一个

我牛脾气上来了：一个也不选
我自己创造一个出来，气死缀们
比如，时＋光，或日寸光

这两个词一创出来我大吃一惊
时光就是时＋光，时间是有光的
有光的事物有灵魂，不能辜负

时光，也是日——寸——光
一日耗一寸，时间也会很快用光
原本吃惊的我突然害怕起来

每一种植物都是经典

蜡梅花落尽后枝头长出嫩芽
红梅也是,只是长得快一点
抬眼望去,周围一切都是崭新

春雨不停地滋润着每一株植物
我知道,在春的眼里
每一株植物都是一种经典

植物并没把自己当作经典
只是随着季节顺着本性生长
用花、用叶、用整个躯体呈现

美化与净化它们只是顺带为之
植物的词典里没有自傲或自怜
一出生就成年,就独自面对风雨

我这样看蜡梅并做联想的时候
它也会这样看我,也会做联想
我们互为明镜,也互为因果

春天正美,我刚好有空

你说,春天都到齐了
待在屋里真是一种罪

出去走走，让春天看看久违的你

在盛大的春天面前我确实有罪
我要赎罪。午后，我刚好有空
于是走出书房，到院子里看看

蔷薇花绽开了一朵朵灿烂的红
月季硕大的花朵含笑看着蔷薇
绣球憋足劲终于挤出绿色的花蕊

红豆杉用嫩绿的细叶欢迎我
酢浆草把红色小花用力举过头顶
水槽里铜钱草齐刷刷站立

我在看春天，春天也在看我
春天和我都满目欣喜
春天正美，而我刚好有空

夜的两头分别立着晚安和早上好

两个我都想占有，睡前用晚安
醒来用早上好

朵而

我们,并不是树上无休止鸣叫的蝉
(外二首)

可更多拥有飘零、荒芜般的事物
总忍耐不住要挣脱
而因为挣脱中掉落了羽毛
与落单的鸟一起,被归为同类
这多有趣啊
成为一个坐在电线杆上的人

我见过一只鸡,它如何跳起来
用长长的喙,吧嗒,吧嗒
啄自家的门把手
不论中间如何曲直
最后它是欢天喜地进屋的

而多年后,它的主人
一个制造电缆线的成功商人
却一次次将摁错电子锁的声响

覆盖了整个夜色

更像是一场巨大宽宥

对于一只珠颈斑鸠的离去，跟林子溢出的荒芜相比
悲伤或悲悯的成分
粘连在深夜空洞的眼睛、干枯的鼻头
也就那些生死了
而土地包括土地上蔓延的溃败、寂静
它们小众而深刻

正如一个人、一只犬
他（它）叛逆与颠覆
被言论、仇视一次次扫射，当一切终结
遗留的伤口比任何时候都轻
直至缩成悼念纸上婉约的虚词

眼下，无数落难至此的种子需要发芽
缔造者们依旧为在世的善意、慈悲
安上《圣经》的亮度

The second stitch

醒来发现困扰两个月的右手中指根端
连接手掌的位置
不痛了

彷徨有多种，如果这一类也算的话
结论是大抵人都喜欢自虐
疼着就是永远醒着，未丢失自己
因为散发阵阵撕裂
有了持续亢奋的理由

现在，找不到一丝疼痛的肢体
是失衡的
像倾斜的电车、轨道、楼宇
急需接上另一个场景
骑一匹烈马
让风穿透马背上未着一缕衣衫的形体
让马蹄踏过每个车站每个店名
让光打在双肩
她可以嘶嘶燃烧着
一团火

古铜

勐巴拉那西之恋

题记：赴西双版纳参观考察野象谷、基诺山寨、勐仑植物园、傣族园、大益庄园、西双版纳州博物馆等景区，零距离亲近了西双版纳美丽的热带雨林自然景观和少数民族风情，以诗记之。

一

从我坚硬的背脊，长出翅膀之叶
是以我迎风高翔如鹏鸟，飞向你
从我尘封的心扉，吹出大风之弦
是以我奔如奋蹄的烈马，向你驰骋
从我苦修的前因，脱胎一颗诗心涅槃的舍利
携我饱满的热爱，培我浩瀚的思绪
呵，随缓缓安静下来的雨水和车轮
展开我的歌喉和抑制不住的欣喜
我投身于你
投身于你蝎尾蕉围绕的门楣
投身于你凌霄花入墙的厅堂
投身于你谷子烧注满的酒箪

我沉重的脚踵曾划过粗粝的时光

你付之以层叠的绿茵柔软

循着一枝苦凉的刺五加

我走向你伟岸耸天的望天树

我摒弃世俗的妄念和纠葛

以出水清莲的姿势，走向你的图腾

那仰望太阳的众生之眸

被赐以圣泽和甘露

那关注众生的神祇

有一瞬曾赐我以悲悯

我回视你以人类初降的纯净

依依低眉，感恩于既往的呵护垂怜

伟大的神灵在我耳畔低语

说"乐土""家园""爱与永恒"

我汇入丛林深处

这里万木葱茏、万花成海

这里百鸟飞翔、百兽啸鸣

我隐身于植物、动物、村落和祭神的高塔

排入十二个部落

西双版纳，原本是照亮岁月的十二座神灯

西双版纳，原本是孵化爱情的十二颗钻石

西双版纳，原本是驶向幸福的十二艘方舟

造物无言而多情

大地甜蜜而多汁

当我驻足

随即长出榕树般庞大而勇武的根系

当我拥抱滚烫的女子

我就得到责任和使命

顽强而古老的繁衍

代代延续

二

我以柔情之丝制作的彩色长锋之笔

从蓝天之上向下书写

饱蘸天地之厚德

写出大地之祥和

那些与命运相连的地方

被赋予美丽的称谓

勐巴拉那西,理想而神奇的乐土

景洪,黎明之城

勐海,勇士之乡

勐腊,产茶之地

勐仑,柔软的地方

勐养,剩下的地方

勐宋,高寒之坝

勐罕,卷布铺地之所

曼听,树茂花繁的村落

嘎洒,沙滩边的街子

打洛,多民族的渡口

关累,追赶金鹿的地方

我以柔情之丝制作的彩色长锋之笔

从云彩的舒卷写到河流的涨落

以仁者的上善

写出十三个民族

舞台高处，走出他，走出他们

画卷深处，走出你，走出你们

血脉中间，走出我，走出我们

古代越人的一支

生死相依、荣辱与共的一群

抱着乐器

携带家族和畜禽

搭起最初的灶台，升起炊烟

搭起竹制的吊脚楼，盖上茅草

上山打猎，下水捉鱼

采野花，摘野果，舂糍粑，划龙舟，放高升

松玛，剽牛，备耕，打铁

泼水纵酒，跳舞欢歌

念经祈福，静坐修心

我以柔情之丝制作的彩色长锋之笔

从茂密的凤尾竹写到高大的贝叶棕

贯注信念和希望之光

将苦难与荣光载入族谱和贝叶

那些英雄和引领者光辉的事迹

在传颂不息中成为精神的柱础

支撑起迷雾中的灵魂

一次次征服艰苦的旅程

难忘骑象而行的王者

难忘司杰卓米，女娲一样的阿嫫腰北

难忘从虎尼虎那带领族人迁徙辗转的阿培

难忘教人们种茶盖房的茶祖帕哎冷

难忘和平天使南发来

难忘从葫芦中诞生的扎俣娜俣和僬侥

难忘毕摩宗师毕阿史拉则

难忘沟通天地诸神的斋瓦

难忘九黎联盟的首领蚩尤

这些姓名渐渐汇成一个巨大的身影

高高耸立于历史的烟尘之中

成为一个同根同脉的共同神祇

祖先

三

我们的队列在芳香中行进

在花和花的缝隙之间

在真诚与真诚的碰撞之间

左手彩虹，右手霭岚

我们身上都市的气息

慢慢淡成一层掉落的粉末

心灵回归

情怀却是放飞

与一只蜥蜴相遇，躲避不及

又迎来一面牛皮大鼓
歌舞风情如海潮一般将视野淹没
而那位刚才还在台上高歌的基诺汉子
转身购买一条肥大的罗非鱼
回到温馨的吊脚楼

我因错过野象的约会而惆怅
却为相遇孔雀的群飞而欢呼
我敲打盛水和饮酒的七舸
又抚摸木犁上阿布留下的叹息
我抱完积锈的火铳
又去朝拜竹篾织成的高大佛陀
我探访茶马古道的余韵
又为曼远村宁静而古老的宅宇而沉吟
我湿身于傣家泼水阿妹的祝福
又入座嫩绿蕉叶铺满的宴席
我品完甘苦润滑的老茶
又把难忘的瞬间装满行囊

蜜蜂在一朵花蕊里建一个基地
采撷的除了花粉
还有文化的绚丽多彩
酿制的除了蜂蜜
还有友情的深厚绵长
两朵并蒂的花，像兄弟，像姐妹
又像同心的莲

握过的手还有余香

拥抱过的衣襟上还有留念

当我听见画家车白的话语

"短短时间的相聚

却让我们建立了犹如

黄浦江—澜沧江流淌的两江水一样长情

两江水不干,两江情不尽"

不禁心头涌起一阵热流

当我仰望中秋天空的圆月

再一次感受到两条河流

正一会儿轻,一会儿重地拍打我的诗情

天涯共此时

遥举一杯酒

"水水……水水水……水

集吧集哆……瑟瑟

杰碰得,得馍馍"

干杯

鲁培栓

春夏小集

春　钓

云淡风清天际高，
蝶飞莺舞绿丝绦。
春光不负垂翁趣，
一线斜拉半日遥。

游子思

烟含翠柳水含纱，
一叶孤舟到客家。
游子难排桑梓意，
寻诗遍数岸边花。

云间荒野独行

茫茫三泖旷，
隐隐一荒城。
柳浅风稍劲，
萍深水愈浓。
虫吟原更静，
鸟憩树不鸣。
有曲通幽处，
无忧世外情。

惜 春

昨夜东风顾小城，
嫣红姹紫飘零零。
春泥不忍惜凋蕾，
落蕊新花共相鸣。

江南春

雨后风清云碧高，
鸢飞蝶舞弄轻潮。
江南无季春不老，
处处花新日日娇。

乡游偶吟

风微细草浓，
岭阔碎花红。
一步一移景，
村村不复同。

庚子春再游万佛湖

千山含秀百泉通，
九水澜澜十里风。
一卷残阳半空照，
万波烟柳万波红。

安吉行·半日村

朝雨东风恋小村，
明花暗柳满庭春。
逢君共醉千杯饮，
同是山河无恙人。

夜宿杏南朴舍晨见闻

雾重山无影，
云新水愈清。
忽闻风阵起，

谷朗鸟飞惊。

庚子夏雨中登九华山

　　苍天一剑露峥嵘，
　　百刹千佛梵语浓。
　　莫道人间仙境远，
　　足登花顶睨崆峒。

陈中远

晨读皮扎尼克（外一首）

我选择一个五月的周日
在晨光中打
开《夜的命名术》
读皮扎尼克
体验一次提前到来的死亡

我身旁的房子敞开丁香色的玻璃彩窗
头顶的木架上
葡萄花正飘出淡淡的香

像一场追逐，或狩猎
死亡的命题
驱赶词语，还是词语
在做完能做的所有后，慷慨赴死
我的双眼何时布满了
伤口，留下血，我尚不自知

夜的另一边,是你
白夜中的青春。你疯狂地爱上了风
因为,风,没有
裂痕
你倾心于闪电的短暂、流星的漫长
这是你莫大的

幸福
你拥抱过你自己

突然有这样一个时刻

读到一段文字,听到
一段音乐,想到一个人,
看到一个似曾相识的场景
你的心突然收紧,眼眶湿润,

一种想哭的感觉在你的意念间挣扎。

暗涌无处不在,你情感的岛屿在
生活的波澜中漂移、沉浮;
远岸高大的棕榈树,像一枚浮标,
它托举着你,划开波浪;
一道深深的伤口,一
条漫漫的征途。

风吹弯的帆布,有了磐岩

的硬度。熔金的海面只闻桨声——

谌贵芳

一个传奇（外二首）

南湖的红船，承载着一个传奇
剥开暗夜的胎衣
黑夜的火种，闪烁如启明星
用七月的红绸和宣言
拉开黎明前的帷幕

这光芒，泛着红色的光泽和热量
从十三位伟人深邃的眼眸里，迸发
是那样的炽热，耀眼
以燎原之势，迅雷不及掩耳之速
照亮华夏大地

从此，不论是天空还是大地
都有一面面镰刀和铁锤组成的旗帜
迎风招展，猎猎作响
书写一个又一个

传奇

二万五千里长征筚路蓝缕
西柏坡窑洞演绎天地玄机
抗击日军方显英雄本色
三大战役彰显沧海横流

有时候，笔势迂回
有时候，笔走龙蛇
金戈铁马，长城内外，疾风横扫千军
连天烽火里书写壮歌，峥嵘岁月中铸就辉煌
无数荆棘丛生路踩在脚下
旗帜插遍每一座山冈、每一寸土地

红船，你编织成镰刀铁锤的经纬线
铸造民主和平、独立统一的新长城
红船，你彰显亘古不变的正义和真理
每一个音符、每一首乐章
都在浩荡春风里扬帆远航

红船，就是一枚别在共和国胸襟上的
勋章
正引领着中华儿女，高举时代大纛
昂首阔步，创造着又一个
人间传奇

时间简史

当阳光不能以直线的方式,照亮人间
你用恬淡的心境,把尘世推远,把喧嚣置于身后

你一边耕作,一边辑录
用自己的方式
原谅着这个世界的不堪
晨钟,暮鼓,守望岁月,传达着
生活的不同凡响

像一株植物浅浅呼吸,深深吐纳
时间的向度,生出一种辽阔的胸襟
每一片树叶的深情表达
都是,与这人世达成的和解

随手摘下一片树叶
南村手记深深浅浅,依稀可见
很多事物老去,化为虚无
可你指间的点点时光,汇成辽阔的史诗

躲在世界的一隅
耕种土地,也在耕种人生
一部《辍耕录》,就是一部时光之书
在历史中存留,永恒

向死而生

大梦谁先觉,平生我自知
脚下这片热土,你第一个慷慨宣誓
革命征途上,你始终站在最前列
号召,组织,发动,领导

你高瞻远瞩
你奔走呼号
你铁骨铮铮
你是革命浪潮里的中流砥柱

荆棘丛生,暗礁密布
凌辱与摧残、残暴与血腥
一颗穿越黑暗的灵魂
化作清晨的鸟鸣,衔来黎明的通知

谁说你倒下了
看
巍巍高山是你挺立的身姿
听
滔滔江水是你澎湃的歌声

"以最多数人的最大幸福
为人生的最终目的,最大责任

而以尽此责任为乐"

革命风云,早已成为遥远的回声
记忆的刻刀,会把那段风蚀的历史
一笔一画,重新雕刻得
鲜明而生动

人间正道,山河葱茏
我们正踏着青草与花朵
抵达,春天深处

李洪涛

某一刻（外一首）

我确认对面那一小块白

是一只孤鸟

然而眼前无限流水西去

很多草又一次在炎热中死去

一碰就会燃烧

它纹丝不动

已是隔岸

我扬起双臂

一个入侵者

它一动不动

有一刻我曾怀疑自己

风经过发间

有过石屋裂隙之声

白块上的黑圈动了一下

仅仅是水平旋转

它平视对面五秒

它感受风

时候到了

光线变白

风已过山

发羽间有丝丝痛楚

灰绿的水面有网状扩散

一只大鸟掠过

外 面

去医院的前夜

外面声音很大

是一棵树紧挨着另一棵

这样无数棵

在松软泥土扎根

水流在地下

让地上的植被厚而密

层叠高低不同曲度的木与草

一直扎下去铺下去延伸下去

有人说生有结尾

我荒唐得对此一无所知

躺在松软泥土上

睡得熟

感觉不到一丝硬草刺痛

梦不能记录所有事件

她教会了我然后紧急离开

只有风过无边树林

才有此声

海一样，复杂浓密有水的沉浮

多数人不知

只有此声，从未停止

我紧贴窗户，风压住我

胡震

今夜我在额济纳旗（外二首）

今夜我在额济纳旗

在航天城空旷无人的尽头

戈壁沙漠怀抱的绿洲

今夜秋天已经漫过祁连山北麓

漫过幽隐的黑水河

弱水三千我来不及饮取一瓢

今夜我在乌孙和大月氏的故里

匈奴游牧停留的地方

成吉思汗厉兵秣马的营帐

在沉寂千年的黑城城外

听不见迅疾的马蹄或清脆的驼铃

没有收到酒泉郡的加急书函

也没有来自丝绸之路的任何消息

今夜我在三十万亩胡杨林的家园

奉上心中最后的宝藏

大佛寺卧像前

我愿沉睡得不用醒来

拜谒地放下心头欲念,脚下的路

不会艰辛迷茫

我愿沙漠里流淌不枯竭的清泉

茫茫戈壁有无数歇息的绿洲

草原上牛羊肥美,走失的羔羊

自己找回羊圈

我愿狂妄者变得谦逊

孤独者不再孤独,只要仰望

就能看见闪烁的星群

我愿狮子和麋鹿成为朋友

信佛的、基督徒、穆斯林和睦相处

抛下仇恨纷争

我愿世界和平,四时轮回有序

病毒找不到新的宿主,孤坟上

开出鲜艳的花朵

我愿佛寺香火鼎盛

千年的佛像和雕塑永不损毁

前来朝圣的信仰坚定,没有犹疑

秀道者塔

他驯养过名为大青小青的老虎

如今幻化成四五尊坚硬的青石兽

以及两三只柔软的斑纹猫

在高大的香樟和小叶榉掩映下

它们是佛系忠实的遵循者

终生守护着他历时九年修筑而成的

砖石木塔

每每日影西斜时分

行旅来此与塔合影

在碑文上识别他踪迹渺渺的一生

却从未追问一个修道者为何要引火自焚

一个筑造七级浮屠和一个杀死自身的人

到底有没有抵达须弥座

如今他消失的肉身和不朽的精神

依旧滋养着山石缝隙中的蝼蚁

你看它们自由自在无牵无挂

浑然不觉日夜短长天地狭阔

王崇党

归欤，华亭谷（节选）

一

"仿佛谷水阳，婉娈昆山阴。"

晨日轻啄薄雾，陆机和往常一样，缓缓走上鸣鹤桥，白鹤起舞，鹤唳声声，鱼嬉于涧，远处奔跑的五茸儵忽隐入草木之间……

好一幅自然生态山水图啊！

二

人一旦过度介入自然，就会修改自然、丢失自然。

在不断工业现代化的时代，机械轰鸣，工地如硝烟战场。野鹤退隐，百鸟失声，十鹿九回头后没入草木而不见……

时空深处传来陆机的怅然："华亭鹤唳，岂可复闻乎？"

长谷如蚌壳，轻轻合上，好像世间本无华亭谷。

三

人心即江山，谷水存一念。

"绿水青山就是金山银山"，一句多么响亮的生态自然宣言。

双手合十祈祷，打开双手时，发现华亭谷竟然在掌间打开，那保存完好的山水图，如一粒种子，再一次长出一片葱茏。三泖九峰间，那广富林遗址、辰山植物园、月湖、二陆读书台……星辰般连成打开生态自然的密码。

蚌壳缓缓打开，现出珍珠光华，处处华亭谷。

四

佘山顶上，我闭目养神。

四周树木葱茏，鸟鸣啁啾，风儿裹着花香抚摸着我，阳光透过树荫吻上我的额头，所有的悲伤和不平都烟消云散，我成了自然襁褓中最幸福的婴儿。

五

置身自然，就是一场生命的疗愈。

每一片叶脉里都有路径，每一缕花香里都有梦想，每一声鸟鸣里都有甜蜜，每一处溪水里都有欢乐……山水不断涂抹着我，此刻，我已不在，分散于自然山水中。

蕴藏着人世间所有美好的自然——一半养育人间烟火，一半建构大好河山。

六

醉白池公园，只是一幅铺在地上的画卷。

它映印日月，如一盘一直在下的时空之棋，只有进退，没有输赢。

它连接天地，收摄世间风物，酿制成酒，让饮之人，微醺之下忘得失、脱凡尘。

醉吟先生白居易乐于搬浮世于小池，醉醒间，只有风月，不复有羁绊。

七

月亮铺开桌面，让远隔天涯的亲人，有了围坐团圆的机会。

一切都在融合，我已分不清醉与醒、团聚和分离，就连历史和当下，也没了界限。

微风拂过水面，湖中的圆月有了阵阵胎动。

八

其实，我们一直活在自我命名里。

人们把自己做成一枚指针，指到哪里，就喜欢为哪里命名。

公园里各种植物标有的名字，都是人们赋予它们的。人们以万物为镜，最终照出的却只是自己，并非万物。万物在那里，如辛波斯卡说得那样静默如谜。

你能够做的，只是调整内心的频道。

九

　　终于明白自己是一件百变乐器，凡所能听到的声音，都是自身乐器的声音。

　　万物并没有声音，只是弹奏的手指。

　　慢慢你就会明白，你是什么样的人，就能听到什么样的声音。你没听到天籁之音，那是因为你还没有把自己做成弹奏天籁之音的乐器。

　　我们一遍遍地冲洗内心的底片，显影的世界正是我们自己。

十

　　在鹤唳亭上，那只单腿站立的白鹤拒绝唳鸣。

　　只因世间再无仙鹤，鹤已随陆机而去，留在世间的只是一道鹤的残影。

　　人们的活动范围日益挤压着鹿们的生活空间，受了惊吓的鹿们隐进草丛，从此再也找不见，只留下十鹿九回头的剪影。

十一

　　当喧嚣聒噪被阻隔在醉白池公园之外，寂静之音便四处响起。

　　这声音轻易就流成我们的血液，让我们开口就是生命的和弦。

　　此时，华灯初上，一池的清水，荷灯点点。

　　池水安静得一如镜面，照见了明月和大川。

十二

　　在路上奔忙的人，路一次次把他们搭在自己的弦上，射向前方。而我更喜欢在草地上闲走，与土地的小触角长时间地耳鬓厮磨。

松江的土地上放着两把琴，一把在浦江之南，一把在浦江之北；一把由粮食和果蔬弹奏，一把由机械的手臂拨响。

三泖大地上河流密布，为勤劳的人民敬献着一条条流动的闪亮哈达！

张萌

瞌睡（外三首）

一座院子也可以有一次
瞌睡时光

一天中，没有谁总保持着对生活的
敬畏。我想说的是
我们应该学会原谅一座院子
午后短暂的游离

篱笆有慵懒的坏脾气
它有传染症。一棵柿子树没有
抵御的能力，一座院子
也是如此

而在我的想象里，最美的场景
莫过于

深秋午后,阳光倦怠
几只晃荡的柿子
平衡着
一座院子的瞌睡

修　剪

梅雨季
闷热的雨水里
我又看到了
那只鸟
羽毛浑身湿透
就连叫声听上去
也布满了
水汽

像黑色休止符
停落在
无花果树上
在一片肥绿的叶子下
寻得庇护
灰色翅膀
修剪着闪电的
回音

荒　径

走着走着，就到了这里
一条被遗忘的
无名小路。枯枝败叶
掩着时光的灰
果酱凋落，荆棘是解不开的谜

在摇曳的神秘中
拨开颓败的秋，试图在枯叶
与风语里
找出久远的足迹

落叶
堆满冬天的入口
鸟鸣清悦
细雨中越洗越亮的
指示牌

白　鹭

苇叶沾满水珠，白鹭振翅
瓷亮的弧线
划过清晨的空寂

这些乡间探险家，在空旷的回声里

接受磨炼。迷雾中
湿润的鸣叫沉沉落在紫云英上

潮汐晃动,婆娑树影
五丰河在灰麻雀的欢叫声里,推醒了
慵懒的水草

流水向前,细数浮萍
阳光抽离苇叶上隔夜的湿气
鸟声的褶皱里,映出村庄的脸

青也

骆驼（外二首）

沙漠中，骆驼移动着它的沙丘
我坐在中间
像山坳里多出来的一捧沙
在不起风的日子
总这么具体

羊

你并不在意它，这个铺满鲜花的舞台
即便阳光也经常来发表演说
或是挖墙脚
但，羊还是一个跟斗栽进去
露出半节粉嫩的蹄子
有人开始鼓掌
站起来，大肆鼓吹羊
和冰心文学奖

关于一个人捧着一碗声色俱佳的羊

扬起的鞭子

小　欢

年前的风，转向了

在台阶上像一只盘旋的鸟

我捂住嘴走过去

那一霎

如小欢在小黑眼皮底下匆匆的一生

它们是骨头喂大的

所以跳起来都很轻

但唯独，小欢没有落下来

它走了

年前的风，再次涌来

带着轻度的狂欢

年磊

那些年，那棵梧桐树（外一首）

小时候，父亲把你栽在院子里
你陪伴着我们兄弟姐妹一起长大
我知道，你年轮多少、身躯多高
你是一座见证我们成长的风标
我们走过的路，你一定通达知晓
年年岁岁，守候着每一只倦鸟归巢

三十年了
你静默家乡院落，远离喧嚣
在阳光下熠熠生辉，枝繁叶茂
一年四季与时光清浅，与岁月静好

为了父母晚年幸福，老屋翻建新屋
无奈，忍痛割爱，把你连根掘出
父亲把你的干截成凳，把你的根雕成桌
恭敬地摆放在屋后

你用另一种方式依旧默然守候

如今故里静思回眸
抚摸你的根追思,坐在凳子上闲聊
回忆起,少时与兄弟姐妹一起嬉戏打闹
回忆起,少时与小伙伴一起唱的童谣

我知道,无论过多少年以后
你,永远都是我心中不变的乡愁
因为,你以我的家人父老
我早已层层叠叠把你写进了诗稿

那些年,我们的童年

童年,是一个斑斓的梦。
像蒲公英那银色的小伞,
我们追逐它奔跑。
蓝天下,田野里,
欢笑声在风中撒下一串串音符……

童年,是一首不老的歌。
像村前那条清清的小河,
一路欢声,不舍昼夜。
小伙伴们用稚嫩的小手,
串起浪花一朵朵。

童年，是一支青翠的柳笛。
在蝉鸣的月光下，
在傍晚的炊烟里，
在放学的路上，
在无数次梦乡中
悠悠地响起……

童年，是夜空中闪烁的星星，
是那双数星星的小手，
在岁月的长河里永放光芒。
童年，是虫鸣鸟叫里的麦香，
是你追我赶拾麦穗，
为了得到父母的表扬，
那些年，那些事，
一直在记忆中绵长。

童年，是父母的目光，
教会了我如何走路。
童年，是那条雨后的泥浆路，
教我学会了坚强。

走过四季，穿过荆棘，
再大的风雨亦不彷徨。

留住一颗童心，
留住一份执着和勇敢，

做一个追梦的少年,

荡一叶轻舟,

始终向着美好扬帆启航!

袁雪蕾

煮粥诗（外二首）

几个月前，这些粮食的种子

就在我的锅底，埋下了伏笔

如今煮成香喷喷的粥

供我果腹、祛湿、养颜

也算功德圆满

煮粥的时候，我看到

外面的天空

似一只倒扣的大锅

会不会我也是谁撒在人间

等待收割的种子

成熟到一定程度被吃掉

合不合对方的口味

我和锅里由稀变稠的

大米、小米、红豆、黑豆

同属前仆后继

生生不息循环着的卑微的一滴

不能砸锅起义

窗口会涌进霹雳

人　香

入寺不烧香，会不够真诚吗

这纯属以凡人之心，度诸佛之腹

尘世的道场

我们本身就是一炷炷

血肉聚合之香

在寺里聚集，从街头走过

身边的护法、小鬼、朱雀、青龙、白虎

也跟着一起走过

我们头顶的青丝燃烧一点

戒定慧是否就能增长一点

鸟　经

每天清晨，西林寺边上

小鸟用鼠标，点醒了我的大脑

巧克力吃哇？巧克力吃哇

吃吧！吃吧！它们叫个不停

春天叫，不是春天也叫

一代一代都这样叫

津津有味地这样叫

叫成了不用设置的天然闹铃

连早餐喝的稀粥

也飘逸着巧克力味道

别以为隔了千年

我就听不懂这叫声，分明同

关关雎鸠一个意思嘛

才能够这样一叫而不可收

它们与寺里僧侣的早课

仅一墙之隔

　《诗经》与《心经》

仅一墙之隔

顾雪莲

山不在高（节选）

一

佘山，如两把撑开的绿伞。

入山，只有劈成路的石头和劈不开的石头。

那些劈不开的石头，众多的树，从石头的骨缝里伸出手，把山又往上抬了抬。

树往上走，人也往上走。鸭跖草沿路掌起幽蓝的灯，葫芦藓摩擦着小拳头，在露珠的献身里，枫叶羞涩起来。

绿荫浓烈，阳光亲吻不到的地方，躲不开阴冷潮湿的命运，碎了半张脸的岩石终年流泪。山滋养仙泽，连泪也是甜的。

石头再硬也抵不过柔情的水，洗心泉的心坎里滴出琥珀。

有人不想掏出汗水，就想成为山。有人想用青山隐藏前世，有人一辈子往返山间，身后成了山的一部分。

佘山之所以称为山，是它敞开胸膛，让飞禽走兽都住了进来。

二

"山不在高,有仙则灵。"

无仙,有人则灵。

如佘山,长到一百米就够了。太高,影子会倾斜。

太高,容易忽略脚下的大地。接近悬崖,摇晃未知的命运。

一座山是碑。敬仰的目光多了,山俯下身来,供养善意的祈祷。

花香引来不同的脚印,树荫庇护背影,教堂倾听赞美和叹息。

如佘山,一百米就够了。

抬头摘取祥云做枕,伸手捧起浪花洗脸。通天入地,高度恰好。

长命百岁,百即是圆满。百年之后,额头上冒不出嫩芽,结不出白霜。

一百米的山脚下,为大地屈膝的骨骸上,缀满金黄的稻穗。

三

"不知为不知,是知也。"

坦然面对已知的、未知的自己。丰富、缺陷,或者空白。

生活众多的未知数,像天空埋伏的惊雷,无法预测,会砸向哪个弱小的命薄。

知也禅寺,一截香矮下去,一缕烟升高。木鱼声声,敲开心门。

经书翻得越厚,杂念越薄。万物平衡,得失一念间。

我低头跪拜,碎碎念:平安是福。

合掌,不合心。感恩——

疼痛里长出的幸福,细小而甜蜜。

银杏知秋,褪下满身金黄的袈裟,为下一个千年——

脱胎换骨。

四

古老,源于勤劳。

广富林,沿着根,开枝散叶。

以瓷的伤痕,在褪色的陶罐上放大时光的吻痕。破碎的骨骼,烙印一个文明的姓氏,绵延天广地富的盛事。

每一滴水都涌动着血脉,每一抔土都埋藏着未走完的路。

石头里诞生火,手掌里分娩希望。为果实,把自己晒成金黄;为一束光,把自己点亮。每条拐弯的河流,都期待大海的召唤。

用历史阅读,用涛声演奏,文明是曲折的血泪史。

根,是一个老母亲,久久不想松开的怀抱。

五

登高,爬楼或者爬山,通往高处的每一步,都曲折。

穿上树叶的绿、云朵的白,走进森林。

满山的寂静,适合调整心弦。大声呼喊,或沉思冥想,都不影响春天沿着绿叶挤出花香。

干枯的小溪等待游走的云,修炼出一场润雨。

阳光从缝隙递来恩泽,万物有序生长。

登高俯览,众生皆小。风偶尔咆哮,偶尔无言。

再高的山,再宽的河,大地用广阔去包容。

徐凤叶

南村拾句（外二首）

时光裁剪我

而我裁剪字句

有时是牧童嘴边的叶笛

有时是元珍发上的落叶

有时是荷锄老农衣襟上的半片

风　赠我以叶

记录四季流转

而我

以叶为纸

书写沧浪世事

南村薄暮

叶　簌簌而下

惊起一双白鹭

拂动流云

草堂树下

陈酿

早已备好数十坛

缓慢也是一种良善

有时

缓慢也是一种良善

比如此刻

暮色落在肩上

余温紧紧拥着　我

风很温柔

云脚走过

粗粝的往事

变得棱角模糊

月湖敛去光华

就在奶奶捧着的蓝色海碗里

熄了灯火

雪，下在仓城

大仓桥弓着背

黛青色的仓城

在他的臂弯里
静静凝睇

秀南街院落里的那株蜡梅开了吗
好酒温过几巡

岁月那么近
而你这样　　远

流浪的鱼
游弋在被风揉皱
的眼角

季节总是无声又无息

穿过大仓桥的倒影
仓城在陈旧的墨迹中
白首
你听
疏淡而清远
是雪花
开在树梢的声音

乔晓琼

武陵春·烟雨微茫花自落（外三首）
——贺阡陌琴苑青年古琴演奏家周颖华"风弦有声"上海个人独奏会演出成功

烟雨微茫花自落，曲境亦空蒙。古调今声澹澹风。月照汉唐松。　花下胡姬邀我饮，舞袖醉玲珑。指底挥来万壑中。众籁寂，物华融。

望远行·鹤唳华亭忆故人
——建党一百周年之际缅怀侯绍裘先烈

鹤唳华亭忆故人。黄花开遍祭英魂。当年正义念犹温。丰碑恒永屹乾坤。　今回首，道依存。志坚相继世人循。秦淮明月水氤氲。松风吹去岁无痕。

临江仙·花开深浅东君好
——记5·3云间粮仓"琴书茶影"古琴雅集

花开深浅东君好，琴书茶影西楼。案温祥福墨香留。素瓷风雨物华收。　指上良宵春歌引，信弹芳华悠悠。西泠有印篆轻舟。渔樵相问水东流。

采桑子·当年童稚初成长
——贺西外 double 少女合唱团《萱草花》发布

当年童稚初成长,萱草门前。萱草门前。两鬓微霜,流岁最堪怜。 歌声做伴青春好,有女珠妍。有女珠妍。唯愿无忧,与月共婵娟。

张开江

江城子·敬挽袁隆平院士（外三首）

功勋卓越士无双。历风霜，育精粮。汗滴青禾，化作稻花香。四十余年唯两梦，民饱腹，自乘凉。　　今辞袁老诉离殇。赋辞章，祭天堂。浪子凝眸，月夜叹愁肠。从此三餐当感悟，须饭后，让盘光。

满江红·建党百年感怀（其一）

破浪南湖，红船起，商纾国难。何所惧，九州驱敌，八方征战。血染湘江英骨傲，魂飞五岭丹心践。历艰辛，草地雪山间，皆行遍。　　二万五，何惧远？星火烈，红旗展。反围追堵截，再明灯盏。引领工农今做主，洗清耻辱还争冠。经百载，换作巨轮行，当歌赞。

满江红·建党百年感怀（其二）

石库门中，英才聚，临危振臂。知国耻，历经肝胆，淡然生死。遵义精神犹可忆，延安本色何曾退。念苍生，无语问西方，多虚伪。　　挥长剑，驱日美。收宝岛，星旗易。愿中华一统，傲然祥瑞。何惧豺狼侵九域，当消鬼魅清天地。待龙腾，呼啸上云空，多豪气。

沁园春·观建党百年庆典有寄

百载风华，不负初心，力创太平。领千山子弟，翻身做主，三军将士，抗敌同盟。定国安邦，扶贫致富，阴谋诡计势必崩。何须惧，笑西方霸主，此梦无声。　　党旗如血燃情，继革命精神热泪盈。已九天揽月，星河可触，五洋捉鳖，深海常行。踏过雄关，闲游漫道，盛世丰功礼炮鸣。当铭记，慰先贤烈士，再赴征程。

云间笔会
2021

剧　本

俞月娥

公鸡搬家

时　间　夏天

地　点　荷乡

人　物　大黄——公鸡，豪爽，懂感恩，有责任心

　　　　　小青——母鸡，善良天真，崇拜大黄

　　　　　张奶奶——中共党员，村民

　　　　　金龙哥——退休党支部委员，村民

【幕启。清晨，张奶奶家院子里，两棵桂花树之间挂着一条横幅，上书"开展'四查两评'，优化人文环境"，金字红布，赫然醒目。

　　桂花树下是一个漂亮的大鸡窝，那是小青与大黄的家。

【大黄哼着欢快的小调在装饰鸡窝，一根根漂亮的羽毛迎风招展。

大　黄　（唱）啦啦啦，啦啦啦！

　　　　　　　一曲《公鸡下蛋》，

　　　　　　　红了咱小青，

　　　　　　　火了我大黄。

　　　　　　　且看戏剧之乡，

村村喜洋洋，

处处好风光。

多亏小青妹妹，

救了我一命，

重塑我形象。

从此不再骄横，

友爱小伙伴，

争做好儿郎。

啦啦啦，啦啦啦！

【小青慌慌张张上。

小　青　大黄哥，大黄哥，不好了，不好了！

大　黄　怎么了，小青？出什么事了！

小　青　长脚它、它、它……

大　黄　长脚它怎么了？

小　青　搬家了！

大　黄　搬家了？搬到哪里去了？

小　青　啊呀，大黄哥，长脚被它主人宰了，它的脑袋搬家了！

大　黄　啊！（沉吟片刻）唉，小青，别难过了，这也是我们的命。就让我们活着的伙伴们，珍惜每一天吧！（又要去修饰鸡窝）

小　青　大黄哥，我们的窝，你也别再白花力气了！

大　黄　为什么？

小　青　因为，我们也活不长了！

大　黄　什么？张奶奶也要杀我们？

小　青　是我们全村的鸡啊，鸭啊，鹅啊，羊啊，都活不长了！

大　黄　这是为什么？

小　青　大黄哥，你一天到晚忙着修我们的窝，外面的事真的一点都不知道吗！

大　黄　知道！我知道张奶奶待我们更好了！你看，这几天每天给我们加餐，从昨天开始，还给我们喝牛奶，这可是从来也没有过的待遇啊！

小　青　可是，你知道这是为什么吗？

大　黄　你说为什么？

小　青　是张奶奶舍不得我们死，但我们又不能不死！

大　黄　我怎么越来越听不懂了。

小　青　大黄哥，你看到这树上挂着的横幅了吗？

大　黄　（念）开展"四查两评"，优化人文环境。小青，我正要问你，什么是"四查两评"啊？是查户口？查黄鼠狼？查野鸡野鸭？

小　青　不是不是！"四查"，是查党员干部家中有没有违章建筑，有没有违规养殖，有没有违法出租，有没有违背传统美德。

大　黄　这与我们有什么关系？

小　青　有啊，这违规养殖，就与我们有关系。镇里规定，建设最美乡村，家家户户不能在房前屋后养鸡、鸭、鹅、羊。党员干部带头，中秋节前，鸡、鸭、鹅、羊全部清理完毕。大黄哥，我们的窝在门口，虽然看起来很漂亮，但属于违章建筑；张奶奶养我俩，也属于违规养殖。

大　黄　啊！那"两评"是什么？

小　青　"两评"，就是要评出村里的优秀党员干部，还要评出村里不合格的党员干部。

大　黄　那没问题，张奶奶一直是老先进，一定能评上。

小　青　这次怕评不上。

大　黄　为什么？

小　青　因为我们。

大　黄　因为我们?

小　青　嘘！别说话，张奶奶来了。

【张奶奶一手持竹匾，一手拎鸡食盆上。

张奶奶　哆哆哆，小青、大黄，快来吃早饭啊！

小　青　谢谢张奶奶！咦，张奶奶您这竹匾里装的是什么呀？

张奶奶　这是我小孙子瓶瓶最爱吃的卤汁毛豆，晒干了更好吃。（将竹匾置于阳光下）你们要不要也来几颗？

小　青　不要不要，还是留着给您小孙子吃吧。

张奶奶　好吧！看看奶奶今天给你们准备了什么！有小米、豆饼、鱼粉，还有一瓶牛奶。

小　青　谢谢张奶奶！

大　黄　张奶奶，您为什么待我们这么好啊！

张奶奶　你们说是为什么呢？

大　黄　是不是我们快要离开您了？

张奶奶　啊，谁说的！奶奶是舍不得离开你们的！

小　青　张奶奶，那这个"四查两评"……

张奶奶　啊，你们两个小东西也知道了啊！放心，只要张奶奶我不松口，谁也不能把你们怎么样！

小　青　张奶奶，您真行！

大　黄　张奶奶，您真棒！

【金龙哥上。

金龙哥　妹子妹子，一大早，我发你微信你不回，打你电话你不接，我只好亲自跑一趟了！

张奶奶　什么事啊，金龙哥？

金龙哥　还能有什么事啊！这次镇党委发起"四查两评"活动，我们退休党支部决定，让我这个支部委员分工负责，要保证每个老党员在中秋、国庆双节前，把房前屋后的鸡、鸭、鹅、羊全部清理完毕，现在30多名老党员都递交了承诺书，就剩下你一个人不开金口，你让我这个支部委员怎么向组织交代！

张奶奶　金龙哥，这件事我早已表态了，三个字："不同意。"

【小青咯咯咯，大黄嘎嘎嘎，在一旁助威。

金龙哥　（不满地看了小青、大黄一眼）啊呀，你是村里有名的老党员、老先进，这一次你为什么要拖大家后腿？

张奶奶　不为什么，就为我这两个小宝贝！好歹你要考虑一下我的感受啊，我把他们养大，就当自己的孩子一样，宝贝着呢！

金龙哥　你的想法我理解，但是你看看我们身边的环境，如果不整治，这里一堆鸡粪，那里一颗鸭屎，哪来我们的美丽乡村！如今，改善农村人居环境是实施乡村振兴战略的重点任务，事关全面建成小康社会，事关人民群众的幸福指数，事关农村精神文明建设，事关……

张奶奶　好啦好啦，你不要跟我说这些大道理，我不吃你这一套！反正，清理我是不同意的！

金龙哥　个人事小，公家事大，你连这点觉悟都没有吗？

张奶奶　这与觉悟没关系。村里没个鸡、没个鸭，这还是我们荷乡吗？如果我张奶奶不养鸡，哪来《公鸡下蛋》这部戏？没有《公鸡下蛋》这部戏，人家大上海的人怎么会知道我们荷乡还是个戏剧之乡呢！

【小青咯咯咯，大黄嘎嘎嘎，表示呼应。

金龙哥　（赶鸡）一边去！（转身对张奶奶）妹子，你不要一清早就强词夺理，弄得大家鸡犬不宁！

张奶奶　你也不要拿着鸡毛当令箭，弄得大家鸡飞蛋打！！

金龙哥　你这是小肚鸡肠，我反对！

张奶奶　你这是杀鸡取卵，我不答应！

金龙哥　与你说话，真是味同嚼蜡！

张奶奶　与你论理，好比鸡对鸭讲！

金龙哥　我是看得起你，才杀鸡用牛刀，亲自上门。

张奶奶　你不要一人得道，鸡犬升天，我不买你的账！（挥手）

【小青咯咯咯，大黄嘎嘎嘎，又在一旁助威。

金龙哥　别动手动脚，手像鸡爪疯！

张奶奶　你手无缚鸡之力，我不怕你！

金龙哥　我天天闻鸡起舞，你别自找麻烦！

张奶奶　你就生了两只斗鸡眼，只会鸡蛋里挑骨头！

金龙哥　你与"四查两评"对着干，不要用鸡蛋碰石头！

张奶奶　小鸡不尿尿，各有各的道！你管不着！

金龙哥　你眼睛只盯着鸡毛蒜皮，庸俗！

张奶奶　你偷鸡不着蚀把米，可笑！

【小青咯咯咯，大黄嘎嘎嘎，继续在一旁助威。

金龙哥　我老金今天就是要杀鸡儆猴，你等着瞧！

张奶奶　我老张从此与你鸡犬相闻，老死不相往来！请便！

【张奶奶挥动扫把，作扫地出门状，口中发出喔嘘喔嘘声，赶金毛哥。
　小青、大黄扑上去啄金龙哥，金龙哥哇哇痛叫，狼狈逃下。

【张奶奶扫地追下。

【小青、大黄乐不可支。少顷，忽然，大黄一声长叹。

小　青　大黄哥，你怎么了？张奶奶斗败了金龙哥，我们应该高兴才是啊！

大　黄　唉！张奶奶保得住我们的命，可是她为了我们，把一世英名都毁了，我心里难过。

小　青　大黄哥，那你说怎么办？

大　黄　我有一个想法。

小　青　你说。

大　黄　张奶奶是优秀党员，我们绝不能拖她的后腿。想想哥哥我不懂事时，是妹妹用巧计让张奶奶刀下留鸡，张奶奶被鸡伙伴们的大爱感动，通情达理，没有杀我，我没齿难忘！小青，生命只是时间长短而已。活着有意义，为了一件伟大的事业奉献自己更有意义！

新冠病毒肆虐，我们可敬可爱的白衣天使们坚守在抗疫一线，与病毒做斗争，守护人民的生命安全，我们要向他们学习，为了美好的明天，奉献自己。

小　青　大黄哥，你说得我心潮澎湃，可我还是有点怕。

大　黄　不要怕，有哥在！想起不久前我们的故事被搬上舞台，《公鸡下蛋》轰动一时，张奶奶刀下留鸡成为美谈。那部戏的主旨就是践行社会主义核心价值观，提倡文明和谐、诚信友善、包容感恩、互敬互爱。我们做不了什么惊天动地的大事，能为家乡的建设做出贡献，作为一只荷乡的鸡，此生也值得了！

小　青　大黄哥，你说得太好了，我更加崇拜你了！有你真好，我一点都不怕了！那么我们现在要做些什么呢？

大　黄　让张奶奶尽快把我们杀了！

小　青　大黄哥，可是张奶奶早就说了，她是不会杀我们的。

大　黄　是啊！当初是你想了个公鸡下蛋的办法，请你的姐妹们轮流为我下蛋，才让张奶奶留我一命。这一次，你看看还有什么招，让张奶奶改变主意，早点把我们杀了！

小　青　唉，能有什么办法呢？我们公鸡母鸡，除了打鸣、下蛋，剩下的就是拉屎了!

大　黄　打鸣,派不上用场;下蛋,已用过了,不能再用了。你想想,能不能在拉屎上做文章?

小　青　我实在想不出来。

大　黄　(灵机一动)哎,有办法了!

小　青　什么办法?

大　黄　我问你,张奶奶除了疼我们,最爱的人是谁?

小　青　当然是她的小孙子瓶瓶了。

大　黄　你看看,这是什么?(指竹匾)

小　青　这是瓶瓶最爱吃的卤汁毛豆,张奶奶特地为他做的。(悟)你是说……啊,你也太恶心了!打死我也不做这样的事!

小　青　可是,我们还有其他的办法吗?小青,你不要再犹豫了!快来吧!(大黄一下跳到竹匾中)

小　青　(犹豫,忸怩,极不情愿地跳入竹匾)……

【少顷。

大　黄　不好,张奶奶来了!

【张奶奶持一小袋子上。

张奶奶　小青、大黄,快过来,奶奶把你们最喜欢吃的小石子、小沙子带来了。

大　黄　(故意扭过头去)哼!

小　青　张奶奶……

大　黄　(忙暗示小青)哼!

小　青　(也故意扭过头来)哼!

张奶奶　(发现)啊!你们两个小冤家,怎么跳到竹匾里去了,这里面可是我宝贝孙子瓶瓶要吃的卤汁毛豆啊!

大　黄　(故意再次扭过头去,声音更大)哼!

小　青　（也故意再次扭过头去，声音更大）哼！

张奶奶　啊，批评你们还不服气啊！（发现竹匾中的鸡屎，怒极）啊呀呀！你们两个真是反了天了，你们真是不要命了啊！

大　黄　（故意再次扭过头去，比刚才声音更大）哼！

小　青　（也故意再次扭过头去，比刚才声音更大）哼！

张奶奶　气死我了，气死我了！白疼你们了，白疼你们了！我看你们是在找死啊！看我今天不宰了你们！（匆匆下）

小　青　大黄哥，我怕！

大　黄　小青，别怕！死了哥也跟你在一起！

小　青　可是我们这个样子，张奶奶会恨我们一辈子的。

大　黄　没事，过一阵子，张奶奶也就忘了啦！看，张奶奶来了，别说话！勇敢点，挺一挺就过去了！

【张奶奶手持一菜刀复上。

【小青、大黄见状，顺从地趴下。

张奶奶　（诧异）咦，奇了怪了，你，你们，这是……真是要找死啊！

小　青　张奶奶，快杀了我们吧！

大　黄　闲话少说，要杀要剐，请快动手！

张奶奶　你们，你们这是……（恍然大悟）啊，原来你们是故意要惹我生气，让我杀了你们啊！（感动）真是一对可爱的小宝贝！奶奶越发不能杀你们了！

【小青一下扑过去抱住张奶奶哭起来。

小　青　（激动地）张奶奶！

张奶奶　别哭别哭！快告诉我，你们为什么要这样做？

小　青　大黄哥怕张奶奶您为了保护我们，毁了您一世英名啊！

张奶奶　奶奶在其他方面都是老先进，在这件事情上，我愿意做落后分子！金龙哥要是再来做工作，我就说，你们除非先把我给杀了!

大　黄　张奶奶,您真好!

【张奶奶与小青、大黄拥抱。

大　黄　张奶奶,其实您不用为我们考虑。今天,为家乡争得美丽乡村荣誉,我们愿意奉献自己!

张奶奶　好孩子,说得奶奶眼泪都掉下来了!

【幕内声:"妹子,妹子!"金龙哥戴墨镜、穿志愿者服,全副武装边喊边上。

张奶奶　(厌烦地)你怎么又来了!

金龙哥　我的任务还没有完成,当然要来!我是来向你报告一个好消息!

张奶奶　好消息?

金龙哥　镇政府通知,对每家每户的鸡、鸭圈养情况,现在有两种解决方案供村民选择:一种是自家的鸡、鸭在一周内全部处理掉,违章占用土地的鸡棚、鸭棚全部拆除。

张奶奶　那还有一种呢?

金龙哥　让家养的鸡、鸭统一搬家,到镇政府指定的家禽家畜小牧场,让他们过集体生活。

张奶奶　金龙哥,这倒真是一个好消息!谢谢你,谢谢你!不过,那个小牧场在哪里?叫什么名字?

金龙哥　就在雅园附近,名字就叫咕咕嘎嘎呱呱咩咩快乐小牧场。

张奶奶　什么?咕咕嘎嘎呱呱咩咩快乐小牧场,怎么会有这么奇怪的名字?

金龙哥　咕咕,就是鸡叫声;嘎嘎,就是鸭叫声;呱呱,就是鹅叫声;咩咩,就是羊叫声。加起来,就是咕咕嘎嘎呱呱咩咩快乐小牧场。

张奶奶　噢，明白了！来，小青、大黄，你们愿意去那个咕咕嘎嘎呱呱咩咩快乐小牧场吗？

小　青　我愿意！

大　黄　我也愿意！

小　青　张奶奶，我想问一下，到了咕咕嘎嘎呱呱咩咩快乐小牧场以后，我们还有没有机会上舞台演戏啊？

张奶奶　噢，这个你们要问金爷爷了！对了，金爷爷听不懂你们的话，还是我来问。（转向金龙哥）金龙哥，小青、大黄想问问你，到了咕咕嘎嘎呱呱咩咩快乐小牧场，他们还能登台演戏吗？

金龙哥　当然能！我们本来就是戏剧之乡嘛！告诉你们，雅园那个地方正新建一个大型乡村旅游区，里面还有一个美丽的小岛，那里桃红柳绿，碧波荡漾，孔雀飞舞，鸟儿欢唱，胜过世外桃源。以后在这个小岛上，天天都有戏演，你们家的小青、大黄到时候说不定一天演三场还不够呢！

张奶奶　好！我知道了！（转身面对小青、大黄）我问过了，你们可以演戏，而且说不定一天演三场还不够。

小　青　那太好了！谢谢张奶奶！

大　黄　也谢谢金爷爷！

【小青、大黄欢快地扑向金龙哥，金龙哥吓得抱头鼠窜。

张奶奶　哈哈哈！金龙哥，这是小青与大黄在向你表示感谢，你逃什么呀！

金龙哥　啊，不好意思，我以为他俩又要对我发起攻击了！哈哈哈！

【众快乐地唱起《公鸡搬家》歌：

　　啦啦啦，啦啦啦！

　　昨天公鸡下蛋，

　　　今天公鸡搬家，

　　　　　抓好"四查两评",
　　　　　咱鸡也有份。
　　　　　啦啦啦,啦啦啦!
张奶奶　各位小朋友、大朋友,这就是我今天给你们讲的新故事《公鸡搬家》,你们看明白了吗?欢迎您再来我们荷乡做客!记住:戏剧之乡,美丽新浜!耶!

【众造型。

【歌舞声中幕渐落。

【剧终。